(3)

李来柱 著

五言诗选

李来柱 诗记

中国青年出版社

作者像

自序

　　诗歌是阐述心灵的文学艺术，它以凝练的语言、绵密的章法、充沛的情感以及丰富的意象来高度集中地表现社会实践生活和人类精神世界。诗歌的要务是教会人们保持清醒，乐观地面对生活，坦然地看待生死，理智地洞察人生。纵观中国历史，众多伟大的诗人光照千古，他们的诗词歌赋就像天空中的明星，映照万里，如先秦的《诗经》《楚辞》，以及汉乐府、唐诗、宋词、元曲，在各个时代都是文学艺术的高峰，形成了独特的美学内蕴，成为世界文学宝库的璀璨明珠。

　　诗歌不仅是一种高雅的文学艺术，更是思想的砥石，人生的结晶，生命品质中的要素。我的诗歌，写共产主义、党、国家、军队、社会、历史、文化，写农村、城市、工农兵、英烈，写家乡、入伍、入党、作战、学习，写战友、领导、乡亲……这些沾满泥土的小诗，扎根于大地，摇曳在战场，虽不起眼，却与工农兵和人民贴得最近。我热爱在这片土地上生活的人民，经常深入基层走访调研，与人民群众接触，与山河大地接触，与实际问题接触，获取鲜活的气息和营养，不断充电，不断前进。

　　著书写诗，完全是意料之外的事情。古书里面文臣武将、才子佳人占满了章页，农耕与工者却寥寥无几，这不符合历史。人民是历史的创造者，人民群众是真正的英雄。应为人民群众写书，为革命英烈写书，为党为国为军为千秋大业写书，写面向未来启迪人生的书。著书写诗，一不为权，二不为钱，三不为名，而是作为生活的记录、思想的自勉、精神的乐趣和心灵的自省，无偿向全国各族人民和单位赠书捐书，进行扶贫济困，办希望学校，建爱国工程等等，心底无私，天高地阔。著书写诗是历史的责任和炽热的情感使然。我出生于鲁西北平原的一个贫苦农民家庭，幼年时期目睹和亲历了日本侵略者"三光政策罪滔天"的恶行和"国土沦丧骨肉离"的惨剧。在山河沦陷、民族危亡的关键时刻，义无反顾地走上战场，发出"年仅十二当八路，誓斩敌寇保家园"的呐喊。战争年代，由于环境复杂，敌情多变，养成了适应变化、克服困难、抓紧时间、就地学习、点滴积累、快速写记的习惯，尽量使用简短的句子，记载经历，感知事情。随着文化水平的提高，日积月累由量变到质变，形成了日记式的诗文。所以，我将自己的诗歌称作"诗记"，即诗歌体的日记。这是诗记的独特风格和鲜明特色。后来，诗记伴随着战斗和工作的脚步，一路战斗一路歌，鲁西北平原的抗日烽火，中原大战的九死一生，打过长江去的壮怀激烈，进军大西南的淬炼磨砺，戎州征战的浴血洗礼，挥师渤海抗美援朝、保家卫国的士气，塞外卫国戍边的风雪寒霜，白手起家办军校的精神，大军区岗位的实践开拓，全国人大时的调研立法，离休后的公益服务，这些不仅是人生经历的大熔炉，也是诗歌扬芳吐烈的根土。它是在血洗征尘中熔铸的，是亲历者写成的；是一名亲历者对党、对祖国、对人民、对军队的无比忠诚；是人民群众激发思想和灵感，给予力量，通过诗句来倾吐心中的热血和大爱。

实录学习生活　谱写人生之歌

生命不息，学习不止。读书学习是人生的永恒主题，每时每刻都离不开。在茫茫黑夜中，学习为我拨开迷雾，点亮光明；在人民战争中，学习给我智慧力量，促我愈战愈勇；在和平时期，学习使我心系使命，居安思危。在艰难困苦的岁月里，那颗对知识的渴求之心总在寻找和攫取学习机会。部队行军打仗，学文化就以大地为课堂，以群众为老师，以实践为课本，以膝盖为课桌，把多识一个字当作多捉一个俘虏，把学会一门课当作完成一次战斗任务。向文化大进军中，既当教员又当学员，被评为"一等学习模范"，成为"文化战线上的优秀指挥员"；后来又到第六政治干部学校、第二高级步兵学校、军政大学、中央党校学习深造，成为中国军事科学学会高级研究员、中国作家协会会员，勤读书、勤思考、勤动笔，是养成的学习习惯；学必求深、悟必求透、研必求解、信必求诚、知必求行、用必求果，是自觉的要求。撰写诗记、传记、回忆录、文集、战斗报告、战斗故事、理论专著等数十部，不断向科学文化大进军，不断向文学艺术的高峰攀登。我的诗记有一大部分是记录学习生活的，正如在《论学》一诗中所写："为学之道贵恒勤，潜心铸炼求精深。胸怀理想游学海，心系使命砺终身。实践检验试金石，钢梁能磨绣花针。大浪淘沙竞千古，文章读罢品做人。"写诗就是写自己的心声，写诗需要以丰富的学识、丰厚的底蕴为基础，在不断学习中提高。

反映军旅生活　奏响冲锋战歌

无论是战争年代还是和平时期，我始终同战士朝夕相处、生死与共、情如手足。伟大的战士是对出生入死、英勇无畏、无私奉献革命战友的讴歌和礼赞。军人自有军人的风骨，不畏艰险，勇于奉献；战士自有战士的豪情，熏陶志趣，乐观向上。战场上的革命战士，冲锋号一响个个都是小老虎，猛打、猛冲、猛追，攻如猛虎，守如泰山。能攻能守，不怕顽强对手；勇敢战斗，不怕流血牺牲；善于战斗，不怕敌情多变；有我无敌，不怕虎穴凶险；连续战斗，不怕吃苦耐劳；争取主动，夺取最后胜利。英雄的部队，伟大的战士。战士的生活最有诗意。作为一名革命军人，诗记中没有灯红酒绿的狂歌醉舞，却不乏沙场征途的鼓角号音；没有艳词绮语，却不乏战友亲人的赤胆热肠；没有花前月下的闲情逸致，却不乏幽兰劲竹的气节情操；不事精雕细琢，但求直抒血性，一任真情喷涌。这种真情实感是对革命战争的讴歌，对国家建设发展的感奋，对祖国大好河山的赞美，对伟大革命精神的颂扬。军旅诗词的生命意义在于高擎理想的火炬，奏响冲锋的号角，崇尚爱国主义和英雄主义精神，这也是官兵的呼唤和人民的期许。无论是快乐还是忧伤，无论是豪迈还是婉约，都是用一颗自然而真诚的心与整个世界交流。在血与火的烛照中，人的意志品质和精神境界也随着战斗的脚步和奋进的诗篇一道沉淀净化，浴血升华。革命战士的一生，与党的事业紧密相连，与建设强大的国防和军队息息相关。诗歌，不仅是一个革命军人理想、追求、志趣的宣言，而且通过这一首首诗的长虹，托起了一部英雄部队的光荣史。这对于发扬人民军队优良传统，激励后代继往开来，具有深远的意义。

直面现实生活　唱响心中赞歌

我的诗记，直面生活，为民之事而作，文即所见，从实发感，思而动笔，就地诗成。凡所遇、所知、所见、所闻、所思、所感，只要是具有积极向上意义的东西，尽量用诗写下来，随时随处，兴之所致，酌情动笔，不拘一格，加有注释。我的诗歌，没有奇特的想象，奇怪的情思，有的只是平淡如水，近乎白话的语言，可却喷薄着最直白、最真诚、最炽热的情感。正如诗中所言："我的诗歌／我心中的歌／我生命的歌／不为展示艺术才华／不图表白儿女私情／不求浪漫情调／不喜无病呻吟／不故弄深沉／不追名逐利／讲究直意纯真／我抒发的是／历史的厚重与沉思／我表达的是／对祖国，对人民，对军队，对党的／热爱与忠诚。""研史成诗，凝思为赋"，记事以抒人民之情，告诉人们应当如何看待现实与历史。如果说人生是一首诗的话，那么感悟就是诗的灵魂，诗是生命自身闪耀着的光。"正诚勤志军旅情，朴乐新明民为先"的座右铭，"苦中砺志、学中砺智、责中砺勤、干中砺能、甜中砺节、搏中砺坚"的人生历练，成为生命中最深切的体验，也成为写诗作词的思想内核，溪溪融入到人生历练之中，逐渐形成了一条汹涌澎湃的情感长河。

创造幸福生活　筑成奉献之歌

什么是生活？生活是指人类为生存而进行的各种活动。生活反映人生的态度，是对人生的一种诠释。不同的人生观，有着不同的人生态度，绘制着各色的人生画卷。富有意义的人生应该想些什么、做些什么呢？国家人民！

为创造人民幸福而奋斗！这不仅是领导者的责任，也应该成为普通公民的追求。作为中华人民共和国公民、中国共产党党员、中国人民解放军军人，公民的义务永远不能丢，入党的誓言永远不能忘，军人誓词永远不能违，全心全意为人民服务的宗旨永远不能变。要以科学的思维，冷静的头脑；战斗的激情，宽广的胸怀；平和的心态，真挚的友谊；无私的关爱，勤奋的劳动；忘我的学习，积极的创新，能动地创造幸福美好的生活。有理想、有目标、有行动、充满人民利益的作为是最美好的生活，是最有意义的生活。战争年代，最高兴的事是打胜仗捉俘虏、穷人得解放做主人；最痛苦的事是战友牺牲、劳苦大众处于水深火热之中。伟大的事业需要伟大的精神，千百年来，中华民族艰苦奋斗、自强不息的精神改变着世间万事万物。在改造客观世界的同时也改造着主观世界，从必然走向自由。诗歌体现的是民族的魂，展示的是中国人的精气神，是民族的，更是世界的。诗歌在我们民族生活中具有极其重要的地位和作用，与中华民族伟大振兴的大业紧密相连。因此，必须以人民为中心，为人民服务，创造属于人民、为了人民、讴歌人民的诗歌，坚持中国特色社会主义文艺的前进方向，努力筑就中华民族伟大振兴时代的文艺高峰，书写中华民族新的史诗。

自 2000 年六本诗记和 2011 年八本诗记出版以来，引起了诗词界的关注，既给予了充分的肯定，又提出了许多宝贵的建议，不少朋友感觉意犹未尽，提出出长诗和短诗的问题。带着社会和友人的重托，这几年我辗转南国北疆进行走访参观，在实践中新创作了一些诗词，汇同以前的旧作形成了这套四卷本《李来柱诗记》：卷一《短诗选》收录短诗 200 首，卷二《长诗选》收录长诗 100 首，卷三《五言诗选》收录五言诗 202 首，卷四《七言诗选》收录七言诗 302 首。四卷本诗记是一个有鲜明内在联系的整体，战争年代部分，主要反映战斗岁月和部队火热战斗生活；和平时期，从部队到地方，从祖国的大江南北到世界各地，随走随写，有感而发。这些都贯穿于人民军队服现役 60 年和人生 80 余年，它们的根基是人民和祖国，有着蓬勃生机，像江河大海一样奔流不息。

希望更多的军旅诗人，扎根于五千年民族文化的深厚沃土，深入社会和军营实践生活，为之高歌，为之拼搏，创作更多的优秀军旅诗词，铸就代表中国军人精神风貌的美学风范，为强军兴军提供强大精神动力，进而成为中华民族伟大振兴的文化先声。

谨以此四卷《李来柱诗记》献给为国家和人民作出巨大牺牲和贡献的战友和同志，献给基层官兵和青年朋友，献给祖国的未来和民族的希望，献给伟大的党、伟大的祖国和伟大的社会主义事业，为建设富强、民主、文明、和谐的社会主义、共产主义而努力奋斗！

在此，向在整理出版过程中给予大力支持和帮助的单位和同志，表示真挚的感谢。如有不妥之处，存芹之衷，唯愿广求斧正。

目　录

206_ 银川

207_ 花都

208_ 珠江三角洲

210_ 湖光岩

212_ 北海老城

214_ 十万大山

215_ 桂林山水

216_ 草莓

217_ 京都南大门保定

221_ 绵山

222_ 农家饭

223_ 胸怀高于天

224_ 大美天地

225_ 川南交通大发展

227_ 德宏傣族景颇族自治州

228_ 中缅两国山水连

229_ 立体气候

231_ 伟人毛泽东

232_ 龟峰峦嶂奇

233_ 三清山

南下风雨

反蒋打内战，跃进到前线。
南下大兵团，序号列第三。
集中整训地，曲周和任县。
刘邓命令下，部队总动员。
华北到中原，全程路两千。
风雨不停步，五道考验关。
一曰苦累关，征途路漫漫。
初行太行山，负重血泡添。
二曰意志关，因将痢疾染。
血便日数次，腹坠身绵软。
咬牙紧腰带，毅力胜了天。
三曰乡情关，黄河横眼前。
渡河离家远，更觉天地宽。

四曰危险关，途中遇匪顽。

暗处飞黑枪，战斗敌逃窜。

五曰生死关，晕倒死体验。

战友齐声唤，乡亲把面擀。

五关经考验，革命意志坚。

终生受启迪，无高不可攀。

1948 年 6 月 5 日，于河南省方城县。

野战筑城

淮海大决战，进入第二段。
先歼黄伯韬，再吃黄兵团。
强敌匪黄维，人马十二万。
压缩双堆集，陷入重围圈。
美式装备精，垂死挣扎顽。
被围军忌地，车辆筑防线。
待机想突围，决死阵地战。
中央令前委，围尔暂留点。
伤亡士气低，困饿敌自乱。
耗敌战斗力，紧缩包围圈。
立足打恶仗，消灭黄兵团。
豁出拼老命，打蒋脊梁断。
坚守固阵地，寸土不让占，

战前紧准备，分秒来计算。
修筑好工事，抢敌突围前。
对付强设防，突破是关键。
两军相对垒，与敌面对面。
平原开阔地，接敌有困难。
村庄被打平，旷野无遮掩。
树木砍伐光，工事架檩椽。
华北到中原，常打运动战。
平原筑工事，有限经验谈。
为歼死对头，苦干加巧干。
统一号令下，阵地热潮掀。
野战筑城赛，阵式甚壮观。
大地显银蛇，铁锹上下翻。
纵横交叉网，甩土木料搬。
官兵齐努力，脱掉棉衣干。
夜间抓紧挖，与敌抢时间。
手掌磨血泡，脱皮变老茧。
前沿设鹿砦，阵地三道线。
间距依地形，攻退灵活便。

近迫险作业，工事前伸延。
进敌鹿砦内，威胁眼皮前。
限制敌火力，近战丧敌胆。
前沿阵地固，核心阵地坚。
火力配系密，掩体构筑全。
壕深近两米，口宽两人肩。
堑壕上下层，藏打想周全。
上层有掩体，射击能防弹。
底部猫耳洞，睡藏保安全。
弹药分储存，物资有放点。
打藏住行走，进退好回旋。
表层土结冻，不怕坦克碾。
浇水铸掩体，硬如钢铁坚。
筑防步兵墙，挖阱坦克陷。
山炮交通壕，隐蔽推前沿。
支援我步兵，炮兵能施展。
真假两工事，多个发射点。
堑壕对堑壕，地堡相对建。
保障通后方，攻击伸前沿。

条条壕相通，道道阵地连。
纵横密交错，形似蛛网般。
地下小长城，中外都罕见。
敌人仗坦克，冲入阵边缘。
打掉我机枪，嚣张狂气焰。
一挺速转移，免于遭劫难。
大家受启发，研究总经验。
隐真显示假，多点来支援。
变中力求胜，战术灵活选。
工事修巧妙，交叉火力点。
筑城重要性，教育指战员。
掘挖不停歇，筑城干劲添。
困了打个盹，饿了干粮见。
敌人再突围，步坦分割歼。
灵活换位置，壕里突然现。
敌猝不及防，伤亡干瞪眼。
摸清敌变化，前后要切断。
机智来歼敌，运用阵地战。
敌步当活靶，坦克胡乱窜。

炸毁成废铁，打掉骄气焰。

战场迷惑敌，雷场造假观。

阵前土刨松，白灰画上圈。

秫秸做标记，真假敌难辨。

坦克见状绕，放慢被炸瘫。

敌人要突围，飞机扔炸弹。

白天轮番轰，弹坑炸成片。

爆炸连声响，阵地卷浓烟。

钻进猫耳洞，防炮迎恶战。

筑城不松劲，夜防照明弹。

坦克穿壕过，有意不扔弹。

钻出堑壕打，步兵死伤惨。

坦克掉头跑，误伤被轧碾。

突围乱章法，鬼哭狼嚎喊。

犬牙交错时，短兵相接战。

南北交通壕，敌我各一端。

对峙勇者胜，拼起手榴弹。

围敌无处逃，工事固防线。

突围被打退，压缩又向前。

黔驴已技穷，固守待增援。
修筑地堡群，环形阵地建。
依仗坦步炮，转入防御战。
我军斗志旺，敌军士气减。
四面楚歌境，展开攻心战。
总攻号角响，杀声震云天。
摧枯拉朽势，淮海大围歼。
六十五天整，歼敌六十万。
世界战奇迹，英勇精神传。
人民解放军，排难破万险。
运动能歼敌，阵地善攻坚。
野战筑城史，辉煌耀人间。

1949 年 1 月 29 日，于安徽省临泉县老集镇。

走

"走到就是胜利"，是我军向西南大进军时喊得最响亮的口号之一。走，几乎成了主要任务，部队也走出了不少经验。正是做了些看起来不大起眼的细小工作，才保证了部队行军作战的胜利。

鞋子大一号，
才能防打泡。
新鞋底子硬，
先用棒槌捣。
脚布包平展，
袜子正合脚。
绑腿不可松，

紧了也不好。

每到宿营地，

烫脚穿水泡。

避免出水肿，

双腿要抬高。

上路先匀步，

然后再快跑。

1949 年 12 月 5 日，于四川省自贡市。

南下

出乡渡黄河，
跃进大别山。
横扫三千里，
转战鄂豫皖。
中原牵敌人，
大局胜扭转。
淮海大决战，
过江进西南。
剿匪又征粮，
建立新政权。
人民江山牢，
东方曙光艳。

1949 年 12 月 27 日，于四川省邛崃县。

人生

勤奋刻苦学，

无私胸襟阔。

名利淡如水，

清正廉洁歌。

事业重如山，

团结共拼搏。

鞠躬尽瘁已，

为公献自我。

1952 年 1 月 27 日，于河北省定县土厚村。

向文化大进军

党把号令下，全军学文化。
决策谋长远，官兵都参加。
农院挂黑板，书本膝上压。
夜间油灯伴，梦中能写划。
教员祁建华，创造速成法。①
文盲得窍门，效果真不差。
头年变化快，读报字不落。
进而会写信，消息常传家。
知识学到手，训练快步跨。
觉悟大提高，文武获全佳。

1952 年 10 月，于河北省定县土厚村。

① 教员祁建华，创造速成法：祁建华，文化教员，创造和推广了速成识字法，后担任全国扫盲委员会副主任。

野营

西北起大风，
雪夜草原行。
走打吃住管，
山野扎大营。
迂回千里路，
沙漠月夜明。
野营练指挥，
戍边保疆城。

1970 年 12 月 28 日，于内蒙古自治区四
子王旗。

西安碑林

书隆在盛唐，
满庭遗墨香。
巨星数不尽，
文化源流长。

1981 年 10 月，于陕西省西安市碑林。

海底景观

海底姿丰采，珊瑚万般态。

藻大色缤纷，贝类形异赛。

参多悬殊大，鱼族千百怪。

身着美丽装，悠闲多可爱。

融入海世界，奇景奔眼来。

自然景观美，人间天堂在。

1983 年 11 月 15 日，于辽宁省大连市自然博物馆。

登龙门

龙门临海境，
滇池收眼中。
仰笑天三尺，
险处忽水宫。

1984 年 9 月 21 日，于云南省昆明市西
山龙门。

西南行

成昆桂信行，^①
一月万里程。
教学双丰收，
众志改革成。

1984年9月，于信阳返回石家庄的列车上。

———————————————

① 成昆桂信行：1984年9月，作者赴成都、昆明、桂林、信阳陆军学校参观学习。

《连长》感怀

雄师几百万，
根基扎在连。
正常基础牢，
战时把敌歼。
连队建设好，
关键靠主官。
战士由谁带，
连长指导员。
《连长》处女作，
真情注章篇。
抛砖欲引玉，
工作推向前。

1986 年 12 月，于北京西山。

岱宗吟

千山纵捭阖，
五岳尔独尊。
玉皇凭栏处，^①
一览宇宙新。
山顶碑无字，^②
谁人论古今。
大地春潮涌，
岱宗长歌吟。

1987 年 7 月 28 日，于山东省泰山。

---

① 玉皇凭栏处：玉皇，指玉皇顶。

② 山顶碑无字：指山顶无字碑，即汉石表。

海滩

足印瞬间没，
岸沙永不退。
轻捧浪一掬，
醒来犹酣睡。
海滩景旖旎，
风光人陶醉。
静思倍眷恋，
夜深不能寐。

1987 年 8 月 8 日，于山东省青岛市。

长岛海治山

长岛半月湾，
彩石盛名传。
人勤海治富，
政策是金山。

1987 年 8 月 9 日，于山东省长岛。

山东行

久违山东行，
一月千里程。
看望古稀母，
拜会众亲朋。
丰收人思安，
政策受欢迎。
家乡无限美，
难忘故乡情。

1987 年 8 月 14 日，于山东省烟台开往
天津的"天湖号"轮船上。

管线队

战场枪炮鸣，
机动快反应。
车辆顺序进，
隐蔽通道停。
前方急用油，
野战管线通。
河川飞龙降，
峡谷架彩虹。
瞬间油加满，
车队飞速行。
打赢立体战，
加强管线兵。

1987 年 9 月，于北京市延庆县官厅水库。

边防

大兴安岭长，
林海野茫茫。
莫尔道嘎站，
火车运木忙。
零下五十八，
棉衣穿漫长。
战士走雪原，
强国重边防。
戍边将士勇，
造福民四方。

1988 年 7 月 5 日，于内蒙古自治区额尔古纳右旗莫尔道嘎。

人镜

鲜血洗征尘，
战斗生活真。
点滴浪花记，
微小见精神。
历史是明镜，
常照正己身。
后辈勤努力，
当好接班人。

1989 年 1 月 5 日，于北京西山。

军营绿化美

寨扎西山旁，绿荫抱营房。
大地铺草毯，满山溢花香。
古柏长青翠，塔松傲向阳。
白杨参天立，国槐花染装。
曲径林间绕，小鸟丛中唱。
山上大花园，山下小林场。
军区营院美，八大处一样。①

1989 年 3 月 12 日，于北京西山。

---

① 八大处一样：指北京西山八大处公园。

情意

人民育大军，军民情意真。
真情化春雨，泽润将士心。
唇齿紧相连，鱼水互依存。
忠诚当卫士，四季民安稳。
京城铁屏障，万家暖如春。
战士奉赤诚，人民献爱心。
光荣传统扬，血肉共命运。

1990 年 1 月 1 日，于北京西山。

雪情

北京下了一场大雪，雪花纷纷扬扬，遍洒京城，令人思绪潮涌，感慨万千。

银花遍洒京，
天地心灵净。
好雪知人意，
苍天也多情。

1990 年 2 月 14 日，于北京西山。

亚运村植树

马年春潮碧，
亚运添新绿。
义务植树忙，
为国争荣誉。

1990 年 3 月 12 日，于北京亚运村。

带精兵

尊干爱兵浓，
科学管理兴。
"双四"重传承，①
百炼出精兵。

1990 年 6 月 5 日，于北京市顺义区。

---

① "双四"重传承：双四，一是四尊重，即尊重士兵的人格，尊重士兵的主人翁地位，尊重士兵的正当权益，尊重士兵的合理建议和要求；二是四关心，即关心士兵的成长进步，关心士兵的生活疾苦，关心士兵的婚姻家庭，关心士兵的生命安全。

勤奋

身体强健康，
奋斗有理想。
不懈恒追求，
开拓奋勇上。
知识学渊博，
思维插翅膀。
宽阔广胸怀，
情操养高尚。
谦虚思进取，
骄傲滑下岗。
工作鼓干劲，
勤奋斗志昂。
俭朴能养德，

传统大发扬。
心宽雅情趣，
点滴来培养。
友爱重振兴，
诚挚友谊长。
胸怀报国志，
铁肩大任扛。
奉献为社会，
心中明灯亮。
跟党坚定走，
一生向前闯。

1990年8月3日，于河北省秦皇岛市老
龙头。

大洋边

旅舍大洋边，
水秀映沙滩。
庭院布局巧，
雾霏朦胧憨。

1991 年 4 月 4 日，于冈比亚班珠尔总统
旅馆。

情铸雄师

带兵要爱兵，
四海手足情。
用兵须善养，
铿锵保国声。
军政都过关，
才是合格兵。
真情铸雄师，
百炼出精兵。

1992 年 8 月 1 日，于北京西山。

六十初度

六十瞬间过，
征程一岁更。
不觉蓦回首，
眉鬓银丝增。
生来不信天，
自强铁骨铮。
战火中成长，
部队里养成。
一生信马列，
理想是明灯。
共产主义真，
刀砍不动声。
生死为革命，

奋斗写人生。

花甲正当年，

不懈永攀登。

1992 年 10 月 10 日，于北京西山。

马德里斗牛

梅塞塔高原，
欧洲最高点。
名胜古迹多，
引人是喷泉。
堂吉诃德像，
风雨二百年。
名人雕广场，①
游人浴海滩。②
教堂映皇陵，③
斗牛众狂欢。④

1994年3月30ヨ，于西班牙首都马德里。

① 名人雕广场：马德里市广场多，有毕加索广场、女神广场、大广场、市府广场、哥伦布广场、堂吉诃德广场和斗牛场等。雕像多，全市有100多个雕像群，把许多名人名事都雕塑了出来。

② 游人浴海滩：西班牙拥有十分丰富的旅游资源，在3000多公里蜿蜒曲折的海岸线上，遍布着许多天然海滨浴场，供游人沐浴，被誉为"旅游王国"。

③ 教堂映皇陵：西班牙有世界上最大最美的宗教建筑圣·洛伦索修道院，它以其宏伟的建筑和珍藏欧洲艺术大师的名作而闻名于世，有世界"第八奇迹"之称。建筑群由大教堂、修道院、王宫、陵墓、图书馆、博物馆组成。

④ 斗牛众狂欢：这是西班牙民间喜爱的娱乐活动，斗牛表演是西班牙最负盛名的观光项目。

埃斯科亚尔

瓜达拉马山，
巍峨四百年。
行宫先王祠，
中心修道院。
宗教建筑群，
宏大世界冠。
第八奇迹称，
珍藏艺术罕。
造型欧风格，
雕凿花岗岩。
四角塔楼耸，
宛如城堡建。
中央大教堂，

气势人惊叹。
圆顶美壁画,
精湛透古典。
建筑群华丽,
人民凝血汗。

1994年3月30日,于西班牙埃斯科亚尔。

瑞士行

山水两相映，
沟坡大地青。
交通纵横网，
瑞士联邦城。

1994 年 3 月 30 日，于瑞士首都伯尔尼。

西班牙

红黄红国旗，①
国徽盾形立。②
帝都马德里，
百年展国际。③
哥伦布驻起，④
足球国都奇。⑤
巴赛罗那城，
斗牛又斗鸡。⑥

1994 年 3 月 31 日，于西班牙首都马德里市。

---

① 红黄红国旗：西班牙国旗，自上而下由红、黄、红三个平行长方形组成。红、黄是

西班牙人喜爱的传统颜色，并分别代表组成西班牙的 4 个古老王国。

② 国徽盾形立：国徽为盾形，盾上有六个图案，其中银柱上绕有红色饰带，饰带上的文字是"海外还有大陆"。

③ 帝都马德里，百年展国际：马德里，位于伊比利亚半岛中部梅塞塔高原上，海拔 635 米。西班牙 1492 年建立统一的王国，1561 年迁都于马德里。1881 年正式创办旅游业，在 1981 年一百周年之际举办首届国际博览会，此后一年一届，世界旅游总部也驻于马德里，西班牙接待国际游客数居世界前列。

马德里人喜为自己和别人"树碑立传"，这碑就是广场和凯旋门。全城有大小广场 300 多处、凯旋门 100 多座，而且一处一个样，互不雷同，这些广场和凯旋门都有自己的历史典故。还有王宫和博物馆。

④ 哥伦布驻起：巴赛罗那是名城，哥伦布从 1492 年起 4 次远航寻找新大陆，船队都是从巴赛罗那港起航的。

⑤　足球国都奇：足球为西班牙"国球"，可容纳9.08万人的贝尔纳维体育场为全国最大足球场，1982年7月11日在这里举行第12届世界杯足球赛闭幕式。为直播这场决赛，建起了220米高的电视塔。

⑥　斗牛又斗鸡：西班牙斗牛历史悠久，13世纪时便有了斗牛节。现在，西班牙3月至11月的每个星期日、星期四为斗牛日，每日斗6场；共有大小斗牛场4000多个，每年斗牛达5000场以上。斗鸡，一个圆笼子放入两只公鸡便可斗起来；笼外围着赌客，各下赌注在一方身上；马德里有专业的斗鸡赌场，一只斗鸡售价至一千美元。

伊瓜苏瀑布

伊瓜苏瀑布，
六里峭壁处。①
水珠荡雾起，
彩虹映山谷。

1994 年 4 月 8 日，于巴西伊瓜苏瀑布。

―――――――――――――

① 六里峭壁处：瀑布散布在 3 公里宽的一个反弯形状峭壁处，由 275 条形状各异的瀑布组成，平均落差 72 米，气势磅礴，景色奇丽。

埃斯特角①

三百里海滩，
别墅林中建。
海狮占小岛，
栖息三十万。
古怪壁画楼，
主人绘奇卷。
阔老争斗富，
一夜造宫殿。
乌拉圭回合，
世界瞩目看。
埃斯特东角，
下次再相见。

1994 年 4 月 10 日，于乌拉圭马尔多纳省省会埃斯特角。

---

① 埃斯特角：意译为东角。是一座海滨城市，位于拉普拉塔河与大西洋的对流处，有海滩 300 余里。园林面积达 85%，林间有许多各式各样的房子，被称作世界建筑风格的一个博物馆。世界著名的乌拉圭回合，也曾在这里举行。

新加坡印象

狮城新加坡，
丽鱼海口阔。
椰雨蕉风韵，
景色撩人拨。
国际金融地，
重港转贸多。①
心大资源少，
管理来治国。

1994 年 4 月 22 日，于新加坡。

---

① 重港转贸多：新加坡有世界著名的天然良港，是仅次于荷兰鹿特丹的第二大港。他们充分利用得天独厚的条件发展转口贸易，取得了良好的成效。

欢度国庆四十五周年

站在城楼上，心旷目明亮。
百里长安街，御河前通畅。
人民英雄碑，主席纪念堂。
两大博物馆，人民大会堂。
庄严作见证，国旗迎风扬。
鱼花映笑脸，歌舞是海洋。
举国欢庆日，吾辈志气昂。
四十五华诞，峥嵘岁月长。
南征又北战，人生百炼钢。
革命好传统，卫国保边疆。
金秋逢佳节，神州豪情壮。
华夏大地情，祖国新气象。
心中有民众，无私奉献讲。

东方旭日升，重任保国防。
美好未来景，催我永图强。

1994年10月1日，于北京天安门城楼上。

荷兰奇屋

近观乃屋房，
远望俨魔方。
高楼似台阶，
缘梯摘月亮。
门小窗户大，
家具吊进房。
楼房临路河，
庭院别式样。

1996 年 10 月 7 日，于荷兰首都阿姆斯
特丹。

湖岛桑拿数芬兰

万湖水连环，①
千岛碧海连。
高岩奇石密，
大地碧翠掩。②
古典建筑群，
与众不一般。
夏昼日不落，③
冬夜月长圆。
白日亮车行，④
晚上不黑天。
国粹桑拿浴，⑤
一家有一间。
圣诞老人乡，⑥

仲夏举国欢。⑦

1996 年 10 月 9 日，于芬兰首都赫尔辛基。

---

① 万湖：芬兰位于欧洲北部，有 1100 公里长的海岸线，湖泊星罗棋布，约有湖泊 18.8 万个，素有"千湖之国"的美称。

② 大地碧翠掩：芬兰森林资源丰富，覆盖率高达 70%，面积达 2100 万公顷，人均占有量 47 公顷，被誉为"绿色的金子"和"绿色的金库"，在欧洲国家中位居首位。

③ 夏昼日不落：芬兰有四分之一的国土在北极圈内，夏季昼长，冬季夜长。最北部从 5 月 18 日到 7 月 25 日，太阳持续在天空中运行达 70 天，这段时间称为白昼或极昼。冬季长达 6 个月，积雪 5 到 7 个月，南部白天最短为 6 个小时，最北部长夜持续 50 天。

④ 白日亮车行：是指芬兰的一种特殊现象。由于冬季夜长，北部地区 50 多天都是黑夜，因此，芬兰人养成了汽车一起动就开灯的习

惯。后来，芬兰政府作出一项特殊规定，白天开车必须亮车灯，并以法令的形式确定下来。

⑤　桑拿浴：即蒸气浴，这种洗浴的方法始于芬兰，已有数千年的历史。500万人口的芬兰，约有150万个桑拿浴室，几乎家家户户都有一个。

⑥　圣诞老人乡：历史传说，芬兰是圣诞老人的故乡。为此，芬兰筹划了一系列圣诞老人故乡工程。特别是在一些著名的旅游景点，真人装扮的圣诞老人不时出来欢迎客人，向大家祝福。

⑦　仲夏举国欢：每年6月24日是芬兰人民举国欢庆的仲夏节。这天白昼最长，黑夜最短，北部整天都可以见到太阳，即所说的"永昼日"，是欣赏白昼的最好时光。在芬兰人心目中，这一天象征温暖和光明。

北极线上

山顶比天高，
太阳挂树梢。
单脚踩双极，
冷暖一肩挑。

1996 年 10 月 12 日，于芬兰北极村。

公元一九九七

金牛好耕田，
五谷丰收年。
艰苦朴素风，
兴业大发展。
召开十五大，
香港回家园。
血洗百年耻，
举国万民欢。

1997 年 2 月 7 日，于北京西山。

妙峰山

八亭五峰巅，
金顶妙峰山。
峻峭花木丽，
白梨玫瑰园。
灵秀独风光，
奇境妙不言。
胸宽怡身心，
采风亲自然。

1997 年 8 月 5 日，于北京市妙峰山。

生日逢重阳

双十会双九，
生日逢重阳。
亲朋把盏庆，
好友祝健康。
花甲志不老，
秋深菊更香。
登高尽远眺，
一派好风光。

1997 年 10 月 10 日，于北京。

奋斗不息

花甲岁月中，
华阳天地明。
秋日自有春，
松柏四季青。
少年着戎装，
苍首马上行。
战士志千里，
奋斗永不停。

1997年10月10日，于北京西山。

崆山白云洞

崆山好洞天，
发掘临城县。
采石现洞景，
天然雕奇观。
嶙峋怪状石，
千姿百态显。
朝天香一炷，
银河落九天。
三塔映月湖，
委曲以求全。
孔雀开彩屏，
玉龟驮神仙。
独领风骚者，

六绝缀其间。

网状卷曲石，

石墁岩上天。

节外生枝处，

石针镶神龛。

百年长一毫，

溶洞历万年。

洞景人称奇，

美丽出天然。

1997年10月22日，于河北省临城县白云洞。

韶山冲

今天，到韶山瞻仰毛泽东同志故居，实现了多年的夙愿，题以记之。

久慕韶山冲，走近肃起敬。
山青池水碧，竹翠杜鹃红。
韶峰名不显，圣地因人重。
立志出深山，雄鹰搏长空。
井冈点星火，遵义掌舵行。
两万五千里，革命保火种。
延安十三年，真理灯火明。
八年抗日寇，持久战终胜。
蒋匪打内战，人民不答应。
坐镇西柏坡，千里用雄兵。

消灭八百万，红旗升北京。

推翻三座山，人民大救星。

功勋载万世，伟哉毛泽东。

1997 年 12 月 3 日，于湖南省湘潭县韶山冲。

黎村

海南省通什市，是黎、苗等少数民族聚居的地方，很有民族特色。

岭半入村远，
种稻热带园。
编织安石灶，
茅屋起炊烟。
黎苗迎远客，
军民一家欢。
五指根据地，
奋战有贡献。

1997年12月14日，于海南省通什市。

天涯海角①

祖国最南端，四角连海南。

古代重关隘，荒凉人迹罕。

叛臣被流放，故乡难回还。

观海到尽头，天涯伤嗟叹。

遥望鹿回头，传说动心弦。

昔日流放地，今朝一绝观。

盛名琼州景，开放四海传。

三亚榆林港，立体交通便。

热带黎苗秀，风光呈自然。

海南成宝岛，旅游好资源。

致富奔小康，前景美灿烂。

1997 年 12 月 15 日，于海南省天涯海角。

① 天涯海角：位于海南省最南端三亚市天涯镇"马岭"脚下的海滨，是著名的琼州一景，人称"海南一绝"。此处远离中原，古时交通闭塞，人迹罕至，历代被流放到这里的人，观之海角似尽头，望之天涯关山隘，故叹为"天涯海角"。如今，这里交通便利，火车直达八所港，三亚凤凰国际机场于1994年正式通航。天涯海角已成为中外闻名的旅游胜地。凡抵海南岛者，无不前来领略"天涯"之壮观，"海角"之苍茫。

虎门忆烟战①

咽喉穿鼻洋，三重门户防。

虎门六炮台，金锁铜关疆。

敌如入瓮中，插翅关难闯。

英帝贩鸦片，虎门成战场。

官兵力主战，清帝签约降。

国耻警后人，世代不能忘。

1997 年 12 月 18 日，于广东省东莞市虎
门镇。

---

① 虎门忆烟战：虎门，位于东莞市南部，
地处珠江入海口东岸。清道光十九年（1839
年）正月，清朝钦差大臣林则徐领旨抵粤禁
烟，爱国官兵和民众鼎立支持。同年 6 月 1

日到 5 日，在虎门滩挖池两口，以生灰、卤水，将所缴获英美等国的鸦片 200 多万箱（237万余斤），在虎门当众销毁，沉重打击了英帝国主义的侵略，欢者甚众，群情激奋，拍手称快。

压担子

九八到人大，^①
责任肩上压。
百岁不言老，
义务天天加。

1998 年 3 月 18 日，于北京人民大会堂。

————————————

① 九八到人大：九八，指作者 1998 年继
1997 年当选党的十五大代表后，又当选为
九届全国人大代表及其常务委员会委员。

庐山白鹿洞书院

雄奇江南岸，
鄱阳湖倚山。
九十九山峰，
牯岭坐中间。
南路群峰拥，
北路四百旋。
四季景如画，
避暑客留恋。
名山蕴文化，
白鹿洞书院。
文人墨客来，
诗书画百卷。
闻名仙人洞，

瀑布天下传。

双阳峰云海，

俯江禹王岩。

瀑江青玉峡，

惊闻玉渊潭。

羲之舍为寺，①

鹅池留真传。

自然人文景，

庐山奇秀险。

1998 年 4 月 10 日，于江西省庐山。

---

① 羲之舍为寺：羲之，指晋代大书法家王羲之。

参观六尺巷有感

桐城六尺巷，
处世一名方。
主动让三尺，
海阔天空亮。

1998 年 4 月 15 日，于安徽省桐城市。

登太白楼

李白千古赞，豪放情浪漫。

追梦踏九州，放歌遍千山。

晚年居当涂，漫游遗诗篇。

醉酒江捉月，魂落大江边。

客登太白楼，世人叹诗仙。

李白诗千首，无后世代传。

1998 年 4 月 15 日，于安徽省马鞍山市采石矶。

勤学不倦

读钻学不倦，
放眼天地宽。
奋斗强祖国，
勤学不怠满。

1998 年 4 月 16 日，于江苏省南京市。

华西村

江阴华西村
城乡结合紧。
实现两富有，①
现代小康村。

1998 年 5 月 12 日，于江苏省江阴市华
西村。

---

① 实现两富有：指实现物质、精神两富有。

水乡古镇甪直

贴水街市城，
五湖六泽冲。①
江南鱼米乡，
甪直天地浓。
水乡河网化，
交错水陆通。
商业古街道，
住家枕河翁。

1998 年 5 月 14 日，于江苏省吴县市甪
直镇。

---

①五湖六泽冲：六泽冲，指甪直镇，古称甫
里村，因镇郊甫里塘而得名，后改称六泽。

据《甫里志》载："甪直镇，当从六字。"又"镇东有直港，可通六处，固有是名。"以后又从"六泽"的谐音得名"甪直"。"甪"字正好6画，状如6道水流的走向。镇内房屋纵深平均200米，黑瓦白墙，古香古色。街道狭窄，店铺鳞枇，商业兴旺。甪直镇水港小桥多，最盛时期有桥72座半。现存40座。甪直镇贴水成街，就水成市，真是"水巷小桥多，人家尽枕河。"

苏州园林

苏州世难找，水乡园林妙。
悠久沧浪亭，布局定格调。
四大古名园，①玲珑景更娇。
亭台楼阁花，三步两座桥。
华夏皇园林，都似苏州貌。

1998 年 5 月 14 日，于江苏省苏州市。

---

① 四大古名园：指苏州四大古名园。即沧
浪亭、狮子林、拙政园、留园。

参观一大会址有感

穷苦几千年，民众血泪篇。
举起刀和枪，打倒帝封官。①
有了共产党，人民把身翻。
建立新中国，希望在明天。
国家要四化，幸福万万年。

1998 年 5 月 17 日，于上海市。

---

① 打倒帝封官：指打倒帝国主义、封建主义、官僚资本主义。

申城在飞跃

一

河港密如网，
黄浦吴淞江。①
长江入海口，
对外贸易港。

二

三桥江隧道，②
道路高架桥。
四馆英雄塔，③
东方明珠耀。④

三

龙墙隔景区，⑤
豫园城隍庙。
申城日月新，
浦东在飞跃。

四

宝钢大江边，
沿江三区建。⑥
年产千吨钢，
为国作贡献。

1998 年 5 月 18 日，于上海市。

---

① 黄浦吴淞江：指上海境内河港密如蛛网，
主要有黄浦江及其支流吴淞江。

② 三桥江隧道：是指过江的三座大桥和三
个过江隧道，即：杨浦江大桥、南浦江大桥、

徐浦江大桥和延安东路隧道（往返两条）、打浦路隧道。

③ 四馆英雄塔：指上海博物馆、图书馆、体育馆、大剧院和上海人民英雄纪念塔。

④ 东方明珠耀：指东方明珠塔。

⑤ 龙墙隔景区：豫园占地 70 余亩，由 5 条龙墙把园内 30 余处亭台楼阁分隔成 7 个景区。

⑥ 沿江三区建：三区建，指宝钢把工厂分为原料、燃料与冶炼轧三个区。

煮茶

绿嫩鹰觜芽，^①
满瓯浮乳花。^②
清香齿边生，
细啜醉流霞。^③

1998 年 5 月 21 日，于浙江省杭州市。

---

① 绿嫩鹰觜芽：鹰觜，形容茶芽。

② 满瓯浮乳花：乳花，茶水浮起的泡。

③ 细啜醉流霞：流霞，神话传说中的仙酒名。

新安江晨雾

凌晨沿新安江散步，只见江上潮雾弥漫，感奋系之。

江上云雾飘，[①]托起山和桥。[②]
天女晨光美。两岸樟桂桃。[③]
越嶂眺双塔，湖园青山抱。
山势姿万态，谷瀑山泉闹。
常年江碧绿，四季景妖娆。

1998 年 5 月 23 日，于浙江省淳安县新安江镇清心楼。

---

①　江上云雾飘：江，指新安江。

②　托起山和桥：山，指白沙女峰山；桥，

指白沙桥。

③　两岸樟桂桃：樟，指香樟树；桂，指桂花树；桃，指柳叶桃。

天目山云雾茶①

茶苦能降火，
火降则上清。
益思利明目，
色翠味醇精。

1998 年 5 月 24 日，于浙江省临安市西天目山。

---

① 天目山云雾茶：天目山顶（仙人顶）年平均雾日 248 天，所产茶叶名天目山云雾茶，色翠、质厚、香永、味醇。《本草纲目》载："茶苦而寒，最能降火，火降则上清，饮茶使人益思，轻身，明目，利小便，去病热。"

东海明珠舟山

世界大鱼港，^①
东海明珠乡。^②
千岛新城绿，^③
人民生产忙。

1998年5月26日，于浙江省舟山市。

---

① 世界大鱼港：沈家门与挪威的卑尔根鱼港和秘鲁的卡亚俄鱼港并称为世界三大鱼港。

② 东海明珠乡：舟山的1339个岛屿与1000多个景观名胜，宛如撒落在碧波万顷东海上的一盘璀璨明珠。

③ 千岛新城绿：千岛，舟山共有1339个岛屿。

惠安女

家住石头房，
石雕艺术乡。
勤劳惠东女，^①
贤慧朴实靓。

1998年6月5日，于福建省惠安县崇武镇。

---

① 勤劳惠东女：惠安市东面5个乡分布着7万多名惠安女，故称惠东女。

天游亭

上攀逾五千，下行两千三。

小亭瞰武夷，^①碧水丹山艳。^②

飞袂白云上，疑似山中仙。

举目乾坤阔，天高任我攀。

1998 年 6 月 10 日，于福建省武夷山市
天游亭。

---

① 小亭瞰武夷：小亭，指天游亭，是一座
高居岭巅上的六角小亭。

② 碧水丹山艳：指武夷山水的清、净、绿
和武夷山的红层地貌。

上饶集中营

上饶集中营，亲睹怒火腾。

国民党匪特，滔天恶罪行。

战士坚贞志，斗争永不停。

牢中闹暴动，越狱奔光明。

赤石杀敌寇，暴动亦成功。

人世沧桑变，英气破天惊。

烈火炼真金，壮士留美名。

1998 年 6 月 11 日，于江西省上饶市。

革命摇篮井冈山

五百里井冈，昔日摆战场。
朱毛建红军，威名天下扬。
求是敢为先，坚信真理香。
开辟根据地，工农齐武装。
农村围城市，共运史首创。[①]
三湾村改编，[②]党来指挥枪。
古田作决议，[③]红军定法章。
转战罗霄地，红旗遍山冈。
战术十六字，敌军魂胆丧。
伟人来掌舵，人民见曙光。
星火燎原势，席卷南北方。
打倒帝官封，人民得解放。
革命摇篮地，举世共敬仰。

1998 年 6 月 15 日，于江西省井冈山市。

---

① 共运史首创：指以毛泽东同志为代表的中国共产党人，把马列主义基本原理同中国革命的具体实践相结合，在井冈山开辟了第一个农村革命根据地，在世界共产主义运动史上首创了农村包围城市、武装夺取政权的道路，为中国革命胜利指明了方向。

② 三湾村改编：指毛泽东同志领导的秋收起义部队向井冈山进军途中，于 1927 年 9 月在江西永新县三湾村进行改编，建立党的各级组织和党代表制度，支部建在连上，从此确立了党对军队的领导。

③ 古田作决议：指 1929 年 12 月，红四军在福建上杭县古田召开党的代表大会，并作出决议，规定了红军新型人民军队的性质，强调了加强党的思想建设的重要性。

大地小康花

神佛都是假，
谁能相信它。
捅破神秘纸，
唯物辩证法。
世界人创造，
人民要当家。
勤劳能致富，
大地小康花。
社会主义好，
建设强中华。

1998 年 6 月 15 日，于江西省南昌市。

煤都大同

雁同连三山，①北岳长城关。
兵家争要地，塞北集二线。
昔日古战场，旧貌换新颜。
华夏一煤都，名胜赛江南。
人民安居业，雄师保江山。

1998 年 7 月 10 日，于山西省大同市。

___

① 雁同连三山：三山，指阴山、燕山、太行山。

保国映征程

绿色大军营，
五湖四海情。
军政育新人，
官兵树新风。
创造环境美，
文明净心灵。
团结如兄弟，
群雄建奇功。
寒暑松常翠，
风雨旗更红。
迎接新挑战，
练武铸精兵。
枕戈千日苦，

时刻听号令。
科技来强军，
一切为打赢。
奉献是本色，
保国映征程。

1998 年 7 月 14 日，于内蒙古自治区集
宁市。

昭苏羊

昭苏细毛羊，
品种实优良。
吃的中草药，
天赐大牧场。
喝的矿泉水，
耳闻碧溪唱。
走的黄金路，
销路通四方。

1998 年 9 月 25 日，于新疆维吾尔族自
治区昭苏县。

金城兰州

两山夹一川，[①]城市在中间。
黄河穿城过，羊筏风车园。
古名叫金城，历经上千年。
丝绸路重镇，车水马龙欢。
水烟香味好，白兰瓜蜜甜。
名胜数不清，中国几何点。

1998 年 10 月 4 日，于甘肃省兰州市皋兰山。

---

① 两山夹一川：两山，指兰州市南面的皋兰山和北面的祁连山。

丝绸之路

西域到长安，丝绸路漫漫。

涉过死亡海，翻过火焰山。

大漠炼意志，瀚海壮雄胆。

生死两茫茫，迎风永向前。

西去无故人，千程不断线。

万里步骑路，古国存残垣。

驼铃时代去，今成交通线。

1998 年 10 月 10 日，于陕西省西安市。

八百里秦川

黄河走高原，
八百莽秦川。
后土蕴文明，
黄陵诞轩辕。
中原之龙首，
烟霞扑地天。
九州之上腴，
丰镐三千年。
丝绸出西域，
世界向长安。
富庶甲天下，
八方聚英贤。
国际大都会，

大道横九天。
秦中帝王州，
皇陵遍青山。
始皇阿房宫，
武帝上林苑。
明皇华清池，
玩物丧江山。
华岳高千仞，
太白积雪寒。
雁塔晨钟脆，
骊山晚照艳。
草堂烟雾林，
曲江流饮欢。
咸阳古渡舟，
霸柳风雪满。
奇迹兵马俑，
汉唐绚诗篇。
千古竞风流，
人才若星灿。

安塞腰鼓喜，
民歌动肝胆。
羊肉饱馍香，
味鲜饺子宴。
高歌信天游，
秦腔调越天。
兵家必争地，
天府米粮川。
千年争霸业，
生灵遭涂炭。
历史人民写，
帝王化尘烟。

1998 年 10 月 15 日，于陕西省咸阳市。

胸怀

胸怀载宇宙，
肚里能行舟。
德厚益延年，
真诚待挚友。

1998 年 12 月 29 日，于北京。

难忘"五一八" ①

依居西山旁，
绿荫抱红房。
山楂柿子树，
满院溢花香。
造地种青菜，
鸡鸭鹅鱼养。
洞式保鲜窖，
生活有保障。
银杏参天立，
松柏傲向阳。
植树已成林，
小鸟丛中唱。
泥壶沏清茶，

来客笑语畅。

难忘五一八，

家风人志强。

1999 年 1 月 1 日，于北京。

_____

① 难忘"五一八"：指北京市八大处甲一号五一八楼。

春天的聚会①

春节团拜会，
辞虎迎兔年。
放眼新世纪，
明朝更灿烂。

1999年2月16日春节，于北京人民大会堂。

———————————————

① 春天的聚会：今年作者先后参加了军队基层单位的春节座谈会，军地方面的联欢会，中央军委、中央组织部、文化部、党中央、国务院春节团拜会，"书画迎99"等欢度春节的庆祝活动；见到了许多老同志、老战友、老同学，见到了不少官兵、党政军领导，话友谊五湖四海重千斤，见真情奋发走向新世纪。

济宁

东文孔孟乡，
西武梁山将。
中湖碧波水，
微山歌悠扬。
旧城太白楼，
诗仙泼墨狂。
铁鼓声远楼，
浑厚震四方。
九级铁塔寺，
八角风铎响。

1999 年 5 月 15 日，于山东省济宁市。

黑河好八连①

黑河好八连，东北美名传。

镇守黑河岛，钢铁边防线。

树立好形象，中外齐称赞。

军人真本色，拒腐永不沾。

继承优传统，开放经考验。

严格守纪律，执勤是模范。

牢记军宗旨，赤诚作奉献。

以苦为荣乐，隆冬斗严寒。

连队树正气，官兵亲密坚。

热爱我边防，胸怀责任感。

国门铁卫士，壮哉好八连。

1999年7月26日，于黑龙江省黑河市"黑河好八连"。

————————————————

① 黑河好八连：指被中央军委命名的黑龙
江省军区边防某团八连。

全国人大常委会委员

为国担重任，
胸怀天下民。
体察民间情，
了解万人心。
反映群心声，
实事求是真。
台前一席话，
身后数亿人。
肩负党重托，
心系民族魂。
神圣投票权，
责任重千斤。
提议思慎重，

举手定乾坤。
人大常委会，
代表众人民。

1999 年 10 月 5 日，于北京天安门广场。

郎德苗寨①

雷公山巍峨，碧绿望丰河。

清澈日夜流，郎德寨前过。

情满风雨桥，②竹筒古水车。

环山松柏翠，烟雨青黛抹。

芦笙送夕阳，悠扬坐夜歌。③

村寨六百年，苍桑风雨多。

抗清杨大六，④苗寨留传说。

围墙战壕址，隘门熄烽火。

山中保寨树，代代惜护呵。

创造环境美，田园风光歌。

依山傍水寨，秀丽苗族落。

回廊吊脚楼，木制细雕琢。

屋面小青瓦，炊烟绕云波。

鳞次栉比排，密麻如蜂窝。

建筑苗家风，布局巧谐和。

倚栏美人靠，耳畔芦笙歌。

墁路鹅卵石，鱼形独风格。

入村三寨门，架桥四十座。

四条主干道，蜿蜒小路多。

玲珑寨门楼，牛角挂两个。

芦笙苗家女，寨门迎宾客。

十二拦路酒，一关一碗酒。

盛装显热情，寨门唱酒歌。

苗族歌舞乡，声誉遐迩播。

簇拥铜鼓坪，乐起舞婆娑。

青年芦笙舞，奔放刚热烈。

赤脚上刀山，烙铁火海过。

欢乐踩铜鼓，苗女邀宾客。

露天博物馆，原始古朴拙。

苗乡一奇葩，文化独特色。

观念在变化，牙门迎远客。

商品意识增，风情旅游热。

精美工艺品，刺绣品种多。

民俗好资源，苗情迷异国。

脱贫奔小康，民族好政策。

两手一起抓，郎德更红火。

1999 年 11 月 27 日，于贵州省雷山县郎德上寨。

---

① 郎德苗寨：位于黔东南苗族侗族自治州雷山县，郎德寨分上下两个自然寨，自 1987 年对外开放以来，郎德通过保护村寨，开展文化旅游，以其精美的服饰、古老的民俗、纯朴的民风，建立了"露天苗族风俗馆"。被国家文物局列为百座特色博物馆之一。文化部授予"中国民间艺术之乡"。

② 情满风雨桥：风雨桥，建于郎德寨前望丰河上，始建于清代，曾被苗族英雄杨大六用以抗御清兵，故称为"御清桥"和"杨大六桥"。后因山洪暴发，桥被冲走。对外开放后，重新修建。现成为男女青年谈情说爱

的地方。

③　悠扬坐夜歌：指苗族以唱古歌（盘歌）为主，其它为辅的歌。唱坐夜歌多半是在欢度节日时进行。从晚上八九点钟一直对歌到次日天明。

④　抗清杨大六：清代咸丰、同治年间苗族起义将领，本名陈腊略。

五岳山川

鲁陕晋豫湘，
五岳各一方。
雄险幽奇秀，
大地好风光。

2000 年 4 月 20 日，于北京。

斯洛文尼亚

斯洛文尼亚，
分化成国家。
三权鼎立制，
西方标准化。

2000年6月15日，于斯洛文尼亚首都卢布尔雅那。

联邦成泡影

村村教堂耸，
天天念经声。
西化蚀人心，
联邦成泡影。

2000 年 6 月 15 日，于斯洛文尼亚首都
卢布尔雅那市到布莱德湖的汽车上。

萨格勒布地形

北斯列梅山，
萨瓦河临南。
老城地起伏，
新市大平川。

2000 年 6 月 16 日，于克罗地亚首都萨
格勒布。

欧亚六国行①

送迎大会堂，
欧亚六国访。
了解增友谊，
会谈宴请忙。
不分大小国，
平等对话商。
世界多极化，
符合民愿望。
民族尊严捍，
主权坚立场。
和平发展势，
历史不可挡。
国际新秩序，

携手共开创。

根据本国情，

发展不从盲。

资金技术引，

抓住机遇上。

国情各不同，

模式不同样。

欧亚大陆连，

商贸常来往。

行程五万里，

凯旋奏乐章。

2000 年 6 月 27 日，于乌克兰基辅至北京的专机上。

_____

① 欧亚六国行：指南斯拉夫、斯洛文尼亚、克罗地亚、斯洛伐克、阿塞拜疆和乌克兰 6 个国家。

沙湖

水乡大漠景，
湖面月牙形。
飞船鱼腾跃，
芦鸟荷花情。

2000 年 8 月 9 日，于宁夏回族自治区平
罗县沙湖。

平遥古城

尧舜造龟城，平遥远闻名。
龟脊矗奇楼，六门城方正。
龟甲八卦图，高墙壁垒峥。
五方四象礼，[①]星罗布宅亭。

2000 年 9 月 30 日，于山西省平遥古城。

----

① 五方四象礼：五方，即东西南北中；四象，指古代标志四方及四色的四种灵兽符，即左青龙（东方、青色），右白虎（西方、白色），前朱雀（南方、红色），后玄武（北方、黑色）。

竹

地茎禾木生，
节劲腹中空。
迎雪竞松梅，
坚挺傲雄风。

2000 年 10 月 3 日，于山西省清徐县。

京城建筑风貌

建筑历千年，
方正中轴线。
棋盘凸字状，
环形放射连。
胡同庭院古，
小区配花园。
区县两相依，
卫星城镇沿。
运河城乡过，
道路纵横贯。
百里长安街，
金桥立交宽。
林带水草绿，

天安丰碑点。

俯瞰龙腾势,

蓬勃春满园。

2000 年 10 月 23 日,于北京人民大会堂。

绿都

邕江穿城过，
五桥彩虹落。
经冬草不枯，
花香四季果。

2001 年 3 月 21 日，于广西壮族自治区
南宁市。

北海屹立北部湾

广西最南端，
屹立北部湾。
面向东南亚，
背靠大西南。

2001 年 3 月 24 日，于广西壮族自治区
北海市。

南海北部湾

南海北部湾，
地处国防线。
大洋连陆地，
三省邻越南。①

2001 年 3 月 25 日，于广西壮族自治区
防城港市。

_____

① 三省邻越南：三省，指广东省、海南省
和广西壮族自治区。

九大历史名关

夏商九塞兵，
名关固长城。①
古代安邦障，
今朝民族情。

2001 年 3 月 28 日，于广西壮族自治区
友谊关。

---

① 名关固长城：指自夏、商设九塞起，至
明清以来，关塞已繁如星辰，遍布于大部分
国土之上，其中仅明清的长城之中，就设关
一千多座，众多名关中的九大历史名关是：
山海关、居庸关、紫荆关、平型关、雁门关、
嘉峪关、娘子关、剑门关、友谊关。

资江漂

资源资江头，①
滩湾水急流。
浪田神仙寨，②
有惊无险舟。

2001年4月3日，于广西壮族自治区资
源县。

---

① 资源资江头：指广西资源县，为资江发
源地。

② 浪田神仙寨：浪田、神仙寨，为两地名。

岳阳

神奇三江口，
仙岛君山秀。
浩淼洞庭湖，
千古岳阳楼。

2001 年 4 月 8 日，于湖南省岳阳市。

岳阳楼

东吴阅兵台，
重兵古要塞。
怡望洞庭湖，
忧乐写情怀。①

2001 年 4 月 8 ヨ，于湖南省岳阳楼。

---

①　忧乐写情怀：指范仲淹《岳阳楼记》中
名句："先天下之忧而忧，后天下之乐而乐"。

水走峡谷金鞭溪

峰环抱翠岩，
绝壁奇峰间。
溪如金鼓响，
境幽清自然。

2001 年 4 月 13 日，于湖南省张家界金
鞭溪。

喜登天门山

初登天门山时，天门山尚在开发中，还未正式对游人开放。

远望如玉镜，
近看似锦瓶。
神劈镶天幕，
一门两山通。

2001年4月14日，于湖南省张家界天门山天门。

古莲池

莲池为轴心，
北方古园林。
亭台楼阁立，
十二景怡人。

2001 年 5 月 22 日，于河北省保定市古
莲池。

避暑山庄

山河融秀景，
宫殿热河泉。
山庄比市大，
园林世奇观。

2001 年 8 月 1 日，于河北省承德市避暑
山庄。

富民酒

八里罕水秀，
精酿老窖酒。
香沁八方飘，
诚信世界走。

2001 年 8 月 4 日，于内蒙古自治区赤峰
市宁城八里罕。

三十二连山

人在车上坐，
车在山中行。
满目林田网，
敖汉舞春风。
三十二连山，
黄蛟变绿龙。
综合治理好，
苍山亦有情。

2001 年 8 月 5 日，于内蒙古自治区敖汉
旗三十二连山。

民兵号工程

方阵林草网，
防风固沙林。
水进畜圈养，
大地系兵心。

2001年8月5日，于内蒙古自治区敖汉
旗黄羊洼。

访黑山头俄罗斯人家

做客黑山头，
木屋马奶酒。
起舞荡欢歌，
酬酢乐悠悠。
融融民族情，
殷勤且敦厚。
畜牧富乡村，
牛羊绿地留。
民族大团结，
华夏万千秋。

2001 年 8 月 15 日，于内蒙古自治区额尔古纳市黑山头镇梁西村。

红豆酒

林都红豆生，
天然宝石红。
玉液资质美，
大兴安岭情。

2001 年 8 月 21 日，于内蒙古自治区牙
克石市。

再游红枫湖

碧波映日红，霞光泛金星。

移舟向烟渚，湖枫荡歌声。

织女试晚妆，天镜照眼明。

将军挥水立，^①湖在腹中生。

2001 年 9 月 9 日，于贵州省贵阳市。

---

① 将军挥水立：将军，指将军山，山中有洞，
名曰将军洞，洞中又有长达 1400 余米的洞
中湖。进入洞中，可见洞内有许多巨大的石
笋、石柱和石幔，其势雄壮，让人感叹不已。

重阳登香山

健步登香山，
重阳峰亭见。①
名胜古园林，
桃杏红叶天。

2001 年 10 月 25 日，于北京市香山。

---

① 重阳峰亭见：峰亭，指香炉峰，俗称鬼
见愁，亦叫重阳亭。其山势高耸，可俯瞰颐
和园和永定河等。

希望

光阴飞似箭，
流年何以还。
少壮当努力，
勤学亦苦练。
科教兴家国，
大业须承传。
志存奋斗路，
璀灿看明天。

2002 年 1 月 1 日，于北京。

马年迎春

马年踏飞燕，
雪梅映松傲。
北国响春雷，
华夏世纪潮。

2002 年 2 月 12 日，于北京。

天职

中外古今鉴，
放眼天地宽。
人民江山固，
天职世代担。

2002 年 3 月 1 日，于天津市。

悉尼歌剧院

俏傲悉尼湾，
笑开橘子瓣。
建筑一奇葩，
澳洲胜景观。

2002 年 3 月 5 日，于澳大利亚悉尼市。

澳大利亚

地处南半球，
万岛风情酷。
四洲两洋域，
独占一大陆。
气候带状形，
联邦百民族。
袋鼠鸸鹋奇，
只进不退步。
自然资源丰，
文明靠法度。

2002 年 3 月 7 日，于澳大利亚悉尼市。

新西兰地热

北岛断裂带，
岩浆无尽来。
蒸气地热水，
间歇泉喷开。

2002 年 3 月 9 日，于新西兰罗托鲁阿。

布达拉宫

酷立红山巅，
迎亲系藏汉。①
红宫中央居，
白宫两翼贯。
环抱脚下雪，
龙潭后花园。②
石木结构砌，
庄严宏伟展。
立柱雕浮殊，
环廊彩绘幡。
古代城堡群，
典籍壁画卷。
人民显智慧，

民族瑰宝殿。

2002年7月12日，于西藏自治区拉萨市。

---

① 酷立红山巅，迎亲系藏汉：布达拉宫，位于红山上，是松赞干布为迎娶文成公主进藏而修建的。

② 环抱脚下雪，龙潭后花园：雪，藏语意为下面。雪，主要包括地方政府机构、监狱、印刷所和作坊、马厩。周围有宫墙、碉堡，东西南北设有宫门，南为正门；龙潭，指龙王潭，为布达拉宫后院，有龙宫、大象房等。

牦牛①

驮挽耕骑全，
海拔五六千。
乳肉毛皮宝，
肢矮体格健。
气管软骨远，
频速呼吸然。
胸宽肺发达，
血液多氧含。
毛绒蓬松垂，
护裙围身暖。
气薄怎奈何，
采食生息玩。
识路喜湿寒，

走雪履冰川。
蹄硬踏崎岖，
运步快轻坚。
任劳耐饥渴，
弛骋亮高原。

2002 年 7 月 13 日，于西藏自治区林芝
八一镇。

①　牦牛：我国西部高原上现有牦牛 1000
多万头，是世界上牦牛分布最集中的区域。

太平湖

一

黄山九华泉，
碧水映青山。
湖岛群峰舞，
太平牵金线。

二

平湖地泉清，
画舫入蓬瀛。
云去群峰碧，
烟霭飞鸟鸣。

船移诗情动，

湖平心不宁。

2002 年 8 月 5 日，于安徽省黄山市太平湖。

兴城海滨

静卧金沙软，
浴场自天然。
游人如潮涌，
戏水波涛间。
白鸥衔碧浪，
菊花迎远帆。^①
渔歌唱丰收，
浩淼水连天。

2002年9月13日，于辽宁省兴城县海滨。

---

①　菊花迎远帆：菊花，指菊花岛。

美国

东西吻大洋，^①

北美大陆乡。

南北加墨邻，^②

阿夏特色疆。^③

2002 年 10 月 26 日，于美国旧金山市。

---

① 东西吻大洋：大洋，指美国东临大西洋，西濒太平洋。

② 南北加墨邻：加墨，加，指北与加拿大接壤；墨，指南邻墨西哥。

③ 阿夏特色疆：阿，指位于加拿大以北、靠近北极的阿拉斯加州；夏，指坐落在太平洋中的夏威夷州。这两个州是美国本土以外的两个具有特色的州。

天下第一龙①

卧伏五龙岗，
龙阵气势磅。
伸延近一里，
蛰居土中藏。
小龙紧相随，
龙节如生长。
爪利鳞甲丰，
醒来逢世昌。
矫首欲翔云，
播雨润四方。

2003年4月3日，于河北省邯郸市卧龙岗。

① 天下第一龙：古石龙群 1989 年发现，卧伏五龙岗，呈东北西南走向，覆盖在 15 米高的土崖下，崖后可找到尾部。石龙总长 369 米，龙身由每节长 1 米左右、高 2.5 米、宽 4.6 米的灰白色砂岩石块经人工粗犷加工合砌而成，是迄今为止发现的世界上年龄最古、体形最大、结构最复杂的石龙。龙腔可向外喷水，流水转动水珠，铿然有声。大龙左有双龙头，右有三条子龙，身旁有八条小龙相随。

黄崖洞兵工厂

烽火燃太行，
水窑兵工厂。
碧血铸利剑，
兵器支前方。
悬崖峭壁洞，
西垴通武乡。
南口咽喉道，
狭长瓮圪廊。
两侧高峰峙，
吊桥设屏障。
保卫黄崖洞，
婚礼变战场。
伤亡一比六，

中日战史创。
英雄万古垂，
人民不会忘。
浩气壮中华，
功勋山河唱。

2003 年 10 月 5 日，于山西省黎城县黄崖洞。

镜泊湖四季

春花映湖水，
满岸达子香。①
夏绿拂清风，
轻舟逐细浪。
秋叶万紫红，
鱼肥果甜庄。
冬雪北国情，
皓月洒银光。

2004年9月4日，于黑龙江省牡丹江市镜泊湖。

---

①满岸达子香：达子香是黑龙江山区海拔干旱山瘠的林内花灌木，多丛生成片，也是东北柞木林下典型的灌木之一。

东方第一天

三江下游原，[①]
抚远边境县。
江海环熊瞎，[②]
东北最前沿。
乌镇独一户，[③]
卫国来支边。
雄鸡唱晨曲，
东方第一天。

2004 年 9 月 9 日，于黑龙江省抚远县。

---

① 三江下游原：三江，指松花江、黑龙江、乌苏里江。东方第一县：抚远县处于三江平

原下游、黑龙江和乌苏里江汇合口的三角地带，隔江与俄罗斯相望，三面环水，是祖国的最东北角。

②　江海环熊瞎：熊，指北极熊；瞎，指黑瞎子岛。

③　乌镇独一户：乌苏镇位于抚远县东部乌苏里江边，是我国最东端的一个镇，也是中国人最早见到太阳升起的地方，所以有"东方第一镇"称谓。所谓镇，其实只是一个村庄，只有两排房子，仅有的一户常住人家，还是 1959 年从山东来的支边青年。实际上每年来乌苏镇捕鱼和做小生意的人不少，但天气一冷就全都走了，小镇上就只剩下这一户人家。年复一年，长此以往，就有了乌苏镇上第一户的说法。每年冬天只有这一户渔民与我有"东方第一哨"之称的边防战士坚守乌苏镇。

北国冰城

龙塔俯市容，
银星亦有情。
金清史兴地，
天鹅珍珠城。
道呈放射状，
楼现欧亚风。
炎夏松江宴，
雪冬亮冰灯。
游客来宇内，
独赏四季景。

2004年9月17日，于黑龙江省哈尔滨市。

放眼世界

红日出东海，
宇宙壮情怀。
和平发展路，
人民是主宰。
新年看世界，
万国大竞赛。
万紫千红春，
五洲大同来。

2005 年 1 月 1 日，于北京。

百将书虎

大地映朝阳，
龙虎舞东方。
书画系江山，
文武皆辉煌。
壮心凌云志，
宛若上战场。
将军雄风在，
民福国富强。

2005 年 6 月 18 日，于北京军事博物馆。

天山天池

松峰舞天山，
宝葫饮冰川。
西母传神话，
古今唱千年。

2005 年 9 月 7 日，于新疆维吾尔族自治
区天山天池。

安庆衔九景

北依大龙山，
南临长江边。
历史文化城，
地处皖西南。
天堑金桥通，
堤港保安全。
九景衔接地，^①
风情生机然。

2006 年 4 月 20 日，于安徽省安庆市。

---

① 九景衔接地：即安庆处于黄山、九华山、庐山、天柱山、小孤山、天堂寨、太平湖、巢湖、蓬莱仙洞等名胜风景区之间，是九大景区的衔接中转之地。

良港江海连

岸直水深缓，
良港江面宽。
四季运输忙，
江海水运连。

2006 年 4 月 9 日，于安徽省芜湖市。

中国名窑名瓷

创造世界先，
制作工序严。①
位火不同度，
松杂窑中燃。
百态同一色，
千姿万彩展。
奇异美丽钧，②
德化明亮艳。
三十水莹汝，③
龙泉翠绿鲜。④
宜兴紫砂秀，⑤
洁白雅素官。⑥
淳朴豪放磁，⑦

耀州黄金铿。⑧

黝亮徽建阳，

景德四特冠。⑨

瓷器文明史，

中华号瓷灿。

2006 年 4 月 21 日，于江西省景德镇。

---

① 制作工序严：如景德镇制瓷的整个程序有二十道：采石制泥，淘练泥土，炼灰配釉，制造匣钵，圆器修模，圆器拉坯，琢器做坯，采取青料，拣选青料，印坯乳料，圆器青花，制画琢器，蘸釉吹釉，旋坯挖足，成坯入窑，烧坯开窑，圆琢洋彩，明炉暗炉，束草装桶，祀神酬愿。

② 奇异美丽钧：钧，即钧窑。

③ 三十水莹汝：汝，即汝窑。

④ 龙泉翠绿鲜：龙泉，即龙泉窑。

⑤ 宜兴紫砂秀：宜兴，即宜兴窑。

⑥ 洁白雅素官：官，即官窑。

⑦　淳朴豪放磁：磁，即磁州窑。

⑧　耀州黄金铿：耀州，即耀州窑。

⑨　景德四特冠：即景德镇的陶瓷有四大特点——白如玉，薄如纸，明如镜，声如磬。

千街起伏里斯本

城建七丘岗，

千街起伏状。①

地尽罗卡角，②

历史名城扬。③

2006 年 8 月 18 日，于葡萄牙首都里斯本。

---

① 城建七丘岗，千街起伏状：葡萄牙首都
里斯本城建在七个山丘上，全市 2000 多条街
道顺着 7 个山丘蜿蜒起伏，多为低层建筑，
直到 20 世纪 80 年代才出现二、三十层的大楼。

② 地尽罗卡角：里斯本以西 31 千米的罗
卡角，是亚欧大陆的极西点，里斯本专筑高
速公路至此。它像一个鸡头伸进大西洋，岩

崖高出海面 140 米，光秃不长草木。最高点建立灯塔，塔边竖一座 10 米高的纪念碑，刻着地理坐标，留下 16 世纪葡诗人卡蒙斯的名言："地尽于斯，海始于斯"。站在这里极目远眺，尽得"天涯海角"意境，每年有 3000 万人到这里摄影留念。

③　历史名城扬：里斯本意为"小城堡"，是有 2000 年历史的名城，位于欧洲大陆西端特茹河口北岸丘陵上。

三访莫斯科①

第一街道环，克宫在里面。
花园环行路，机关商业全。
电气环铁路，校厂科研先。
四环百公里，沙城变绿园。

2006 年 10 月 9 日，于俄罗斯首都莫斯科市。

---

① 三访莫斯科：作者于 1991 年 3 月、1996 年 10 月、2006 年 10 月三次访问了莫斯科市，这是一座美丽的城市，它给作者留下了深刻印象。

再访维也纳

国旗红白红，国徽一雄鹰。

欧洲心脏位，著名音乐城。

城区三环布，^①森林包围中。

两河都城护，^②歌乐韵无穷。

2006 年 10 月 11 日，于奥地利首都维也纳市。

---

① 城区三环布：指维也纳市区的街道呈辐射环状，两条环形大道把全城分成内、中、外三个部分。

② 两河都城护：两河，即多瑙河和运河。

多瑙河畔林茨市

小城繁华乐，
市分两岸廊。①
布鲁克纳曲，
响彻多瑙河。②
未来博物馆，
电子中心托。③
侨胞摆盛宴，
爱国情似火。

2006 年 10 月 11 日，于奥地利林茨市。

---

① 小城繁华乐，市分两岸廊：指林茨市是上
奥地利州的首府；多瑙河流经林茨，把城市一
分为二，城市的主要部分位于多瑙河右岸。

② 布鲁克纳曲，响彻多瑙河：著名的音乐作曲家布鲁克纳的故居就在林茨市，每年一度在多瑙河畔举行的名为"音响之云"的艺术节开幕式盛况空前，吸引了成千上万的观众。

③ 未来博物馆，电子中心托：林茨以发达的工业为基础，创办了艺术电子中心，成为"未来博物馆"的先驱。

萨尔茨堡市

青山盐城乐，①
萨尔察河过。
要塞艺术节，②
名人莫扎特。③

2006 年 10 月 12 日，于奥地利萨尔茨堡市。

---

① 青山盐城乐：萨尔茨堡即盐城的意思；
位于奥地利中北部，东阿尔卑斯山北麓，海
拔 425 米，是萨尔茨堡州首府，该市三面青
山环抱，明亮的萨尔察河从城中流过。

② 要塞艺术节：要塞，指萨尔茨堡要塞；
艺术节，指萨尔茨堡每年夏季均要举办一次
艺术节，即著名的萨尔茨堡艺术节，时间在 7

月底至整个 8 月。艺术节的演奏乐队是维也纳爱乐乐团，作品主要是莫扎特的不朽之作。

③ 名人莫扎特：莫扎特，1756 年出生于萨尔茨堡，4 岁随父亲学琴，5 岁作曲，6 岁开始旅行演奏，曾任大主教的宫廷乐师；1791 年病逝，时年 35 岁。莫扎特是维也纳古典乐派代表人物之一，丰富了交响乐与室内乐的表现力，奠定了以奏鸣曲式为第一乐章的近代协奏曲形式。

在德国乘火车

残人上车道，人性服务好。

车站开放式，上车对准号。

座位活动椅，箱有小桌巧。

司机检票员，别无他人找。

车辆行进稳，无痕铁轨妙。

纽伦莱比锡，^①中央车站闹。

2006 年 10 月 14 日，于德国首都柏林中央车站。

---

① 纽伦来比锡：从德国慕尼黑乘火车到柏林，途经纽伦堡市和莱比锡市等。

法兰克福

两河交汇点，^①
交通畅行便。
老街商业起，
高楼金融见。

2006 年 10 月 16 日，于德国法兰克福市。

———————————————

① 两河交汇点：两河，指美茵河和莱茵河。

科隆

科隆重经济，
贸易集散地。
教堂幽暗静，
广场缤纷起。

2006 年 10 月 16 日，于德国科隆市。

法国

陆地六边张，①
殖民称霸王。②
神甫烈士墙，③
国际歌声扬。④

2006 年 10 月 21 日，于法国马赛市。

---

① 陆地六边张：指法国领土略呈一不规则的六边形，三面临海，三面靠陆。

② 殖民称霸王：即 1870 年以前，法国曾与英国共同为称霸世界的强国，在国外有大于本土 20 倍的殖民地。

③ 神甫烈士墙：神甫，指拉雪兹神甫公墓；烈士墙，指公墓内为纪念巴黎公社烈士而建

的"公社社员墙"。

④ 国际歌声扬：指《国际歌》作者欧仁·鲍狄埃的墓地也在拉雪兹神甫公墓。

意大利米兰

宝地北部疆，
金融商业乡。①
杜奥莫教堂，②
二世大长廊。③

2006年10月25日，于意大利米兰市。

---

①　宝地北部疆，金融商业乡：米兰位于意大利北部，是伦巴第大区的首府和米兰省省会，人口200万，是意大利第二大城市，也是意大利的商业、金融中心。米兰历史上曾是伦巴第王国、伦巴第——威尼托王国的首都，为人类留下了许多文化艺术财富。

②　杜奥莫教堂：杜奥莫教堂于公元1380

年开工建造，到 1813 年基本完工，至 1965 年教堂最后一座铜门安装好后才全部竣工。这是意最大的哥特式教堂，其屋顶有 135 个尖塔，每个尖塔上都有一座塑像，正中高达 108 米的尖塔上有一座 4.2 米高的镀金圣母像。教堂坐东朝西，呈拉丁十字形，占地面积约 1.5 万平方米。主教堂面积 1.17 万平方米，高度达 56 米。

③ 二世大长廊：指艾玛努埃莱二世长廊。长廊建于 1865 年，至 1877 年完工。其顶部为拱形，用铁格和玻璃覆盖，不仅遮风雨，透亮光，而且显得富丽堂皇。长廊平面呈十字形，南北向直廊长 196 米、东西向横廊长 105 米，形成两条商业街。这条长廊也是文学家、艺术家、政治家聚会的地方，人们称之"米兰沙龙"。

人生先学滑雪的挪威

先学滑雪术，
上帝的山谷。①
无街之城奇，
冬季采煤足。②

2006年10月27日，于挪威首都奥斯陆市。

———————————————

① 上帝的山谷：奥斯陆原意为"上帝的山谷"，深藏在伸入内陆128公里的峡湾尽头，背靠一年积雪127天、海拔371米的奥尔门科仑山。世界最宏伟的滑雪跳台架在奥尔门科仑山顶，一年一度的奥尔门科仑滑雪节，从1892年起成为仅次于国庆节的法定节日。每年3月在这里举行国际滑雪比赛，挪威人

先学滑雪而后才学走路，官方鼓励孩子滑雪上学而不乘公共汽车。在挪威，世界滑雪冠军被视为民族英雄。

② 无街之城奇，冬季采煤足：朗伊尔城的建筑散落在几十平方公里的海滨和谷地里，难以成"街"。多是孤零零的单幢平房，顶多十几幢挨在一起。一幢特大平屋是商业中心，内有商场、银行、邮局。码头是全城之中心，夏季，冰融可通万吨级煤船。全天候的国际机场与挪威其他城市和俄罗斯通航。全城无旅馆和出租车，游人可投宿于煤矿招待所或民居住宅，租借私人的轿车。

采煤是朗伊尔城的经济基础，奇怪的是温暖的夏季半停产，不见天日的冬季反而开足马力大生产。原来在永冻层采煤有意想不到的优势，它的采掘面没有液态水，不塌不漏，设备不受腐蚀，瓦斯溢出甚微，作业十分安全；但夏季的井顶部分融化，反而存在安全隐患，干脆放长假让工人回南方休息。

斯德哥尔摩

波罗的海畔，
岛城湖海连。
老街新城秀，
酒吧文化餐。

2006 年 10 月 30 日，于瑞典首都斯德哥尔摩市。

茶米歌

岁起学步走，
七十重开头。
昂首行万里，
踏米赴茶寿。①

2007 年 1 月 1 日，于北京。

———————————

①　踏米赴茶寿：中国民间习称 88 岁为米
寿，108 岁为茶寿。

常德诗墙

沅水映千峰，
大堤诗意浓。
尚德人灵杰，
众志筑新城。

2007 年 3 月 19 日，于湖南省常德市。

凤凰赋

三山卫凤凰，^①
沱江亮中央。
浓烈民族情，
古韵山城乡。

2007 年 3 月 21 日，于湖南省凤凰县。

---

① 三山卫凤凰：三山，指凤凰县周围的大
坡脑、八角楼、南华山。

潍坊国际风筝会

参加第二十四届潍坊国际风筝会有感。

源古战争为，
木鸢空中威。
今寄四海情，
一线牵腾飞。

2007 年 4 月 20 日，于山东省潍坊市。

东营入海口

河源青海头，
湾汇入海口。
天天进泥沙，
湿地新绿洲。
高新开发区，
油井海地有。
农业生态园，
安居工程就。
新型城镇起，
沧海桑田留。
实现大和谐，
治水保丰收。

2007 年 4 月 22 日，于山东省东营市。

黄河首曲

草原映雪山，
夏河牛羊欢。
天险腊子口，
首曲黄河湾。

2007 年 9 月 8 日，于甘肃省甘南藏族自
治州夏河桑科草原。

陇上明珠刘家峡

三河汇三峡，①

锁山拦水坝。

黄河向西流，

天地独一家。

2007年9月9日，于甘肃省刘家峡水库。

---

① 三河汇三峡：三河，指黄河、洮河、大夏河；三峡，指刘家峡、盐锅峡、八盘峡。这三座水库将100多公里的黄河变为绿宝石般的高山平湖，碧波荡漾，似一块明珠镶嵌在陇塬大地上，闪闪发光，无比秀丽。

上六盘山

陇脉宁陕甘，
泾渭分水线。
长征险关破，
伟人史诗篇。①

2007 年 9 月 10 日，于宁夏回族自治区
六盘山红军长征纪念亭。

---

① 伟人史诗篇：指人民领袖毛泽东及六盘
山诗。

西安古都八水弯

八水绕长安，^①
锦秀米粮川。
古都十三朝，^②
历史博物馆。

2007 年 9 月 22 日，于陕西省西安市。

---

①　八水绕长安：八水，指灞、浐、沣、潏、
皂、滈、泾、渭八条河流绕城而过。

②　古都十三朝：十三朝，历史上曾有西周、
秦、西汉、新、东汉、西晋、前赵、前秦、
后秦、西魏、北周、隋、唐等十三个朝代在
西安建都。西安作为历代首都共计 1131 年。

陕甘宁之行

纵横山水间，
感受大自然。
红色大革命，
绿色再扬帆。

2007 年 9 月 24 日，于陕西省西安至北
京的航班上。

贺兰山

东西五百八，①
界分蒙宁家。
南北接两原，②
老峰冲天插。③

2008 年 9 月 5 日，于蒙宁交界贺兰山。

---

①　东西五百八：指贺兰山脉南北走向，全长 250 多公里。

②　南北接两原：指贺兰山脉宽 30-50 公里，东接银川平原，西接阿拉善高原。

③　老峰冲天插：指贺兰山最高峰——达呼洛老峰，海拔 3556 米，位于巴彦浩特东南的银陕敖包。

银川

七十二连湖，
靠山河套富。①
黑白红宁夏，②
宁东能化出。③

2008年9月9日，于宁夏回族自治区银川。

---

① 靠山河套富：银川平原西靠贺兰山，东
接黄河，当地有"千里黄河富宁夏"之说。

② 黑白红宁夏：宁夏物产丰富，一黑一白
一红"，黑指煤，白指弹羊绒，红指枸杞。

③ 宁东能化出：指宁东能源化工基地。

花都

大地四季花，
祥瑞普万家。
争奇竞展姿，
生机无限霞。

2009 年 2 月 11 日，于广东省广州市花都。

珠江三角洲

珠江三角洲，[①]
经济大丰收。
特区城市带，
发展铸千秋。

2009 年 2 月 14 日，于广东省东莞市。

----

① 珠江三角洲：位于广东省中南部，地处
珠江出海口，濒临南海，毗邻港澳，历来是
华南、中南、西南地区对外联系的主要通道
和我国的南大门，也是我国著名的侨乡。珠
江三角洲包括广州市、深圳市、佛山市、珠
海市、中山市、江门市、东莞市、惠州市的
部分县区（市辖区、惠阳县、惠东县、博罗

县）和肇庆市的部分县区（市辖区、高要市、四会市），陆地总面积 4.17 万平方公里，人口 4077 万人。

湖光岩[1]

雷琼湖光岩，
地球博物馆。
火山熔峰层，
湖水低海面。

2009 年 2 月 16 日，于广东省湛江市。

---

[1] 湖光岩：位于湛江市西南 20 公里的湖
光镇。湖光岩是距今 14 至 16 万年间经多次
平地火山爆炸深陷而形成的玛珥湖（全世界
只有 2 个，另一个在德国，湖光岩最大，首
先在德国玛珥地区发现，故取名"玛珥"。）
其特征：湖是平地火山爆发后冷却下沉形成
的；爆炸时，喷出蒸汽和碎屑，而不是岩浆，

爆炸口低于海平面，湖水永不干涸；水源是地下自然渗透过来的矿泉水，含有多种微量元素和矿物质，并具有神奇的自然净化功能。湖面积2.3平方公里，湖底沉积物厚50米，水深20余米。湖和火山泥含有60多种微量元素，是世界罕见的"天然年鉴"和"自然博物馆"。湖水温度从上到下逐渐降低，由27℃到17℃；水质好，清澈透明。环形火山丘呈封闭状围绕火山口湖，海拔在40米到90米之间，主要由火山碎屑岩构成，环形火山丘在临湖一侧常形成悬崖陡壁，外侧则为平缓的山坡。

北海老城

三街九曲巷，[①]
通商凝史章。[②]
骑楼窗拱雕，
沿岸直布长。

2009 年 2 月 18 日，于广西北海市老城。

---

①　三街九曲巷：三街，指北海老城中的升
平街、沙脊街、廉州街；九曲巷，指三王庙
处的九曲巷。

②　通商凝史章：指北海因北临大海而得名。
清康熙、乾隆年间，渔民开始在此地海岸聚
集居住，逐渐形成交易市场；道光末、咸丰初，
街市随商业兴盛而形成；清光绪二年（1876

年），中英《烟台条约》签订，北海成为对外通商口岸；清末民初，老城发展成为北部湾畔繁荣之区及中西文化融会之所。

老城面积约 0.4 平方公里，其中，珠海路长 1.6 公里，中山路长 1.7 公里，沿海岸直线排布。《烟台条约》签订后，英、法、德、美、意大利、葡萄牙、比利时和奥匈帝国八国在北海老城周边设立领事馆、洋行、教堂、医院等机构。完整保留下来的 18 处近代各国建筑，是全国重点文物保护单位。

北海老城印刻着北海发展的足迹，凝固着中西通商的记忆，是一部浓缩的中国近代史的城市史书。

十万大山

南濒北部湾，
山脉中越连。
强边固国防，
和谐系长远。

2009 年 2 月 19 日，于广西壮族自治区
上思县。

桂林山水

三山两岩秀^①，
江湖抱城流^②。
千峰环野立，
山水誉全球。

2009 年 2 月 23 日，于广西壮族自治区
桂林市。

---

① 三山两岩秀：三山，指叠彩山、伏波山、
象山；两岩，指七星岩、芦笛岩。

② 江湖抱城流：江，指漓江、桃花江；湖，
指榕湖、杉湖、桂湖、木龙湖。这两江四湖
绕着桂林城域环流。

草莓

草莓新品种，
科研力支撑。
玫瑰查理甜，
丰香全明星。
小小红宝石，
四季果香浓。
速冻加工业，
创汇四海行。

2009年4月14日，于河北省满城县南
新庄村草莓基地。

京都南大门保定

一

西枕太行山，
东临渤海湾。
京都南大门，
扼喉保津关。
燕南赵北间，
天府之地艳。
紧连三山脉，
雄踞大平原。

二

古伊祁山洞，
中山汉墓现。
半部清史署，
清西陵肃严。
名园古莲池，
莲池书院冠。
悲歌颂易水，
荆轲载史栏。

三

桃园三结义，
三分天下权。
祖冲之道远，
运筹神妙篇。
关汉卿巨著，
窦娥天地冤。

千里送京娘，
临渊郦道元。

四

生态野三坡，
明珠白洋淀。
涞源三河头，
石溶七群泉。
水上雁翎队，
平原游击战。
壮士狼牙山，
冉庄地道战。

五

金银煤铁油，
农业物丰产。
安药曲石雕，

蠡县皮毛专。
徐水大白菜，
满城草莓鲜。
安新兴渔业，
定兴礼帽先。

六

高阳老调戏，
炎黄始釜山。
著名大慈阁，
定州寺塔建。
人才辈出杰，
历史文化源。
人心思安康，
和谐促发展。

2009 年 4 月 18 日，于河北省新城县高
碑店。

绵山

住在悬崖上，
吃在沟壑旁。
行在云雾中，
走访神仙乡。

2009 年 5 月 22 日，于山西省介休市绵山。

农家饭

日食两餐饭，
五香面条餐。
男孩康师傅，
母女三人面。
日复年月久，
吃着五味全。

2009 年 5 月 23 日，于山西省吕梁市临
县碛口镇。

胸怀高于天

驱车入云端，
飞上叶斗巅。
峰高亦有顶，
胸怀高于天。

2009年6月1日，于山西省五台山叶斗峰。

大美天地

胜景万万千，
神工雕自然。
天地是大美，
视觉享盛宴。

2009 年 6 月 8 日，于山西省大同市卧虎湾。

川南交通大发展

旧时蜀道难，
难于上青天。
石板红泥路，
羊肠绕山田。
峻岭丛林密，
江河纵横险。
纤夫号子声，
飘荡鬼门关。
今朝看川南，
旧貌换新颜。
交通水陆空，
立体交通线。
乡村通公路，

市县高速连。

天堑变通途，

越走路越宽。

2009 年 11 月 19 日，于四川省泸州市。

德宏傣族景颇族自治州

三县二市间，^①
三江四河现。^②
滇西峡谷区，
横高两座山。^③

2010 年 3 月 28 日，于云南省德宏傣族景颇族自治州。

---

① 三县二市间：三县，指陇川县、梁河县、盈江县；二市，指潞西市、瑞丽市。

② 三江四河现：三江，指怒江、大盈江、瑞丽江；四河，指芒市河、南畹河、户撒河、芒东河。

③ 横高两座山：两座山，指大娘山、打鹰山。

中缅两国山水连

千里边防线，
六百村寨连。
通向印度洋，
商贸日日添。

2010 年 3 月 28 日，于云南省瑞丽市。

立体气候

七类气候显，
体现三特点^①。
升高温度降，
岭脉四季山^②。
谷热坝区暖，
高山地区寒。
四季不分明，
旱雨两季全。
年均温差小，
日均温差现。
一山分四季，
十里不同天。

2010 年 3 月 28 日，于云南省大理市。

① 七类气候显，体现三特点：指云南的气候类型丰富多样，有北热带、南亚热带、中亚热带、温带、南温带、中温带和高原气候区等七种类型的气候；三个特点：即低纬气候、季风气候、山原气候的特点。

② 岭脉四季山：气温随着海拔升高而降低，一般海拔上升 100 米，年平均气温下降 0.63 摄氏度。形成了"一山分四季，十里不同天"的立体气候。

伟人毛泽东

伟人毛泽东，
人民大救星。
天上北斗星，
大地东方红。

2010年4月2日，于江西省井冈山市。

龟峰峦嶂奇

龟山山石龟，
无石峰不龟。
百座峰神龟，
碧水丹山龟。
三叠雄风龟，
情侣迎宾龟。
缩头伸头龟，
母子探海龟。
老幼绿毛龟，
醉卧人立龟。
吉祥金甲龟，
千姿百态龟。

2010 年 4 月 9 日，于江西省弋阳县龟峰。

三清山

山状如笔架，
栈道悬崖插。
景色绝顶美，
云松福地花。

2010 年 4 月 10 日，于江西省玉山县三
清山。

绿色屏障保河山

小雨不下山，
大雨缓出川。
暴雨不成灾，
水土保平安。

2010 年 8 月 23 日，于河北省承德市。

森林防火歌

小火不放松，
大火陆空攻。
消灭萌芽时，
灭火立大功。

2010 年 9 月 3 日，于内蒙古自治区牙克
石市。

齐齐哈尔

齐齐哈尔城，
达斡尔语名。①
三省交汇地，
钢铁机械兴。②

2010年9月7日，于黑龙江省齐齐哈尔市。

---

① 齐齐哈尔城，达斡尔语名：齐齐哈尔，
为达斡尔族语，是边疆、牧场之意，有沙龙、
卜奎等别称，又有鹤乡、鹤城之美誉。

② 三省交汇地，钢铁机械兴：三省交汇地，
指齐齐哈尔市是黑龙江省第二大城市，始建
于1891年，现有人口576万（市区144万），
辖7区8县1市，面积4.23万平方公里，（市

区 140 平方公里）；有 1 江 5 河（嫩江、诺敏河、音河、雅鲁河、乌裕尔河、润津河）；是黑龙江省西部地区的政治、经济、科技、文化教育、商贸中心，是黑龙江、吉林、内蒙古三省区交汇地带的重要交通枢纽和商品集散地。钢铁机械城，指齐市是国家的重要机械装备制造基地，有中国一重、北钢、齐车、黑化、机床等集团，有钢铁机械城之称。

中国最寒冷的气候

基本特征明，
候温四季成。①
地处中纬度，
作物保常生。②
寒带冻土层，
莫尔道嘎冷。③
走访增友谊，
三闯关东情。

2010 年 9 月 11 日，于黑龙江省漠河县。

---

① 基本特征明，候温四季成：指在我国通常采用候温划分四季；候温，即五天为一候，每月 26 日至月底作一候计，全年为 72 候，

每候平均气温，叫候温；四季的划分是指气温大于 22 度为夏季，小于 10 度为冬季，介于两者之间为春秋两季。东北四季基本特征是：第一，冬季严寒而漫长。一月最冷，绝对最低温度，乌鲁木齐零下 41.5℃，银川零下 30.6℃，呼和浩特零下 31.2℃，呼玛零下 48.2℃，黑河零下 40.8℃，哈尔滨零下 41.4℃，漠河 1969 年 2 月 13 日出现零下 52.3℃；东北不仅寒冷，而且南北温差大，一月平均气温零下 6 至 30℃之间，南北相差 25 度左右；冬季漫长，辽宁、吉林半年左右，黑龙江 7 至 8 个月，10 月初下雪至次年 4 月，积雪 30 至 50 厘米。第二，春季多大风暴，"冬来早，春来迟"。春季 2 个月左右，北部 1 个月，南部 3 个月；春季多大风，全年平均风速一般为每秒 2 至 4 米以上；辽宁西部是风沙天气最多的地区，全年达 30 次以上，半数集中在春季。第三，夏季炎热多雨。东北夏季，南部 2 个半月，中部 2 个月左右，北部 1 个月，最北部无夏天。第四，秋季晴朗，温度日差较大，无霜期和生长期比较短，无霜期 100 至 220 天左右。

② 地处中纬度，作物保常生：指气候，是某个地区多年的天气特征。它是由太阳辐射、大气环流、地面性质等因素相互作用决定的。按照气候类型，大部分地方属于温带季风气候，只有北部（北纬 50 度以北）为寒温带气候。但从全球来说，东北地区处在中纬度位置上，气候温和，能够满足多种农作物对气候条件的需要。

③ 寒带冻土层，莫尔道嘎冷：寒带冻土层，指按照气候类型，只有北部（北纬 50 度以北）为寒温带气候；冻土是温度在零度或零度以下冻结的土壤或疏松岩石；冻土可分季节冻土、隔年冻土和多年冻土；冬季冻结而夏季全部融化的土层称为季节冻土；冬季冻结而一二年内不融化的土层称为隔年冻土；冻结三年或三年以上的土层称为多年冻土；多年冻土的表土层，夏季融化而冬季冻结，称季节融化层。莫尔道嘎冷，指吉拉林、莫尔道嘎、漠河、呼玛、黑河等地非常寒冷，其中漠河曾达零下 52 度多，莫尔道嘎曾达零下 58 度

多，而其冻土为永冻土层，房子的根基全靠木头支撑。新疆阿尔泰是仅次于莫尔道嘎的第二冷的地域。

大兴安岭印象

茫茫林海迎，
白桦落叶松。
天然大氧吧，
四大五奇情。①

2010 年 9 月 11 日，于黑龙江省塔河县。

---

① 天然大氧吧，四大五奇情：天然大氧吧，即清凉的、不受污染的天然环境，千里生态画廊，万里雪域林海，是天然的大氧吧；四大，指大森林、大湿地、大冰雪、大江界；五奇，指神州北极、神奇天象、神秘源头、神奇冰情雪景、神勇民族。

夏都哈尔滨

冰城寒温带，
北疆绿世界。
金清发祥地，
清凉夏都彩。

2010年9月20日，于黑龙江省哈尔滨市。

感恩

叶落归根，是绿意对大地的回报；鸟反哺、羊跪乳，是动物的"孝心"；"滴水之恩，当涌泉相报"，是人类永怀的一颗感恩之心。感恩，就是一种品德，一种人生态度，一种社会责任。百善孝为先。感恩，应该贯穿在我们生活的每一天。

落叶也知根，
涌泉报滴恩。
人有忠孝心，
和谐满乾坤。

2010年10月1日，于北京天安门。

谢臣小学

英模万古垂,
建校常缅怀。
园丁书满腹,
苗青正葳蕤。
学风校纪严,
桃李志夺魁。
会当攀星月,
奋飞尔与谁?

2010 年 10 月 28 日,于内蒙古自治区集宁谢臣小学。

杨柳青年画

丹青绘喜气，
妙笔写传奇。
画工复神韵，
文化列世遗。①

2011年6月14日，于天津鞍山道招待所。

---

① 文化列世遗：指杨柳青年画已被列为世界非物质文化遗产。

泉中游

绕城泉河观，垂柳绿两岸。
逝水入渤海，泉湖英姿展。

趵突泉水源，名人留诗篇。
人民再雕饰，四季乐悠然。

星罗泉水眼，花木鱼雀欢。
厚天独一处，明湖蛇蛙眠。

城山泉画卷，生态和谐赞。
风雨沧桑历，天泉秀济南。

2012 年 4 月 23 日，于济南护城河游船上。

豆沙关

中原入滇难，雄奇石门关。
南方丝绸路，马蹄五更寒。

唐开五尺道，^①汉朝有悬棺。
隋代古城堡，石刻摩崖现。

千年豆沙镇，乌蒙群山间。
交通活化石，古今五道线。^②

2012年6月2日，于云南省盐津县豆沙镇。

---

① 五尺道：位于豆沙石门关，现存长约
350米、宽1.7米，是迄今秦五尺道上保留
最长、最完好、马蹄印最多（243个）的古

驿道。

　　石门道位于盐津县城南22公里，距豆沙镇500米处。早在公元前220年，这里就成为中原入滇的交通要隘，有"锁钥南滇""咽喉西蜀"之誉，在唐、宋时期，此地称石门关，元、明时期称罗佐关，清初改名豆沙关。唐贞观四年（公元630年）在此设关门，为军事要隘。距今2200年历史的豆沙关自古就是云南出滇入川、连接中央的重要通道，素有"滇川门户"之称。

②　交通活化石，古今五道线：古今五道线，即指关河水道、内（江）昆（明）铁路、昆（明）水（富）公路、秦五尺道、水（富）麻（柳湾）高速公路在此汇聚，各自互动，相互共振，形成了古今五道并行的交通奇观。

贵都高速

高桥万壑建，
隧道千山穿。
西南大动脉，
行路史无前。

2012 年 6 月 8 日，于贵州省贵阳至都匀
高速公路汽车上。

山水古城镇远

名城古险关，
贴山建城垣。
一水九山抱，^①
府卫站两边。^②
水映山城欢，
历史谱新篇。
绿色喀斯特，
生态怡人园。

2012 年 6 月 11 日，于贵州省镇远县。

---

① 一水九山抱：一水，指舞阳河。

② 府卫站两边：指府城在舞阳河北岸，卫
城在舞阳河南岸；两城池建于明代。古城里

有八大会馆、十二个大码头、四洞、八祠、九庙、古街道、古关隘、古驿道、古桥梁、古巷道、古民居、古泉井、古戏楼等名胜古迹近 200 处，是古建筑博物馆，是传统文化的迷宫。

茶城

青峰甲天下，
满坡生翠芽。
天下第一壶，
茶香到万家。

2012 年 6 月 14 日，于贵州省湄潭县。

贵阳

避暑宜人爽，
美食醉天堂。
山水城楼秀，
多彩民族乡。

2012 年 6 月 20 日，于贵州省贵阳市。

贵州天气

（一）

天无三日晴，五彩规律行。①
科学预报先，昙阴雨雾浓。

（二）

夏凉如春爽，禾苗黑粗壮。
一日三晴雨，避暑赛天堂。

2012 年 6 月 23 日，于贵州省贵阳市。

————————————

① 天无三日晴，五彩规律行：据贵州省铜

仁地区志《军事志》记载："全年平均晴天为 12.8 天，昙天为 123.6 天，阴天为 214.8 天，霾天为 1.8 天，降雪为 8.4 天，故有天无三日晴之说。"1949 年，我部进军大西南时，翻越雪峰山、武陵山、大娄山地域的大小峰岭，渡过乌江、赤水河，走过少数民族地区，从桃源到泸州的 34 天中，只有 9 个晴天。2012 年 6 月 4 日至 25 日走访贵州省的 22 天中，晴 3 天，阴 5 天，雨 14 天。

热烈祝贺神舟十号
发射圆满成功

神十会天宫，
英雄战太空。
地动山河撼，
气势震苍穹。

2013 年 6 月 13 日，于天津警备区。

五指山

四县固五指，①
五指护海南。②
天然绿屏障，
海岛水之源。

2014年3月5日，于海南省五指山红山村。

---

① 四县固五指：四县，即琼中黎族苗族自
治县、保亭黎族苗族自治县、乐东黎族自治
县和五指山市；五指，五指山地区。
② 五指护海南：指海南省。

琼岛人民心向阳

琼岛雪梨状，
中高周低方。
陆水天相连，
万众心向阳。

2014年3月10日，于海南省万宁市兴隆。

梅州

水清峰叠翠，
闻香茶柚梅。
叶帅荣故里，
雁南客家人。

2014年4月8日，于广东省梅州市阴那山。

德州扒鸡

五香脱骨鲜，营养滋补全。
肉嫩肥不腻，清淡形色显。
味透骨髓正，中药老汤伴。
品尝出锅鸡，鸡鸣肚中欢。
养殖大农场，饲料严把关。
道道保洁净，科学流水线。
美食艺术品，国家非遗产。
扒鸡神州奇，鲁菜经典传。

2015 年 3 月 19 日，于山东省德州市。

太白湖①

双河抱湖乡，②
历史远流长。
自然风光美，
文化底蕴香。

2015 年 4 月 6 日，于山东省济宁市。

---

①　太白湖：指位于微山湖最北端的北湖，
为了纪念李白，将北湖改名太白湖。

②　双河抱湖乡：指微山湖东临古运河，西
邻京杭大运河。微山湖、昭阳湖、独山湖、
南阳湖等是中国北方最大的淡水湖。

中国烤鸭

焖炉挂炉竞，创新又传承。
白洋淀鸭子，京华小笼饼。
北京的面酱，章丘的大葱。
绿料精饲养，嫩鸭品洁净。
果木纯火烤，香脆色味浓。
部件巧制作，鸭汤滋阴功。
御膳国宴席，饮食文化情。
千年之精品，享誉中外名。

2016 年 1 月 28 日，于北京市。

大海绿洲三沙市

祖国最南端，
白云碧海天。
热带雨林生，
宝岛花烂漫。
多彩百果香，
海洋天堂建。
防风固岛礁，
中华绿家园。

2016 年 3 月 20 日，于海南省三沙市。

肉苁蓉①

（一）

寄生梭梭根，六十公分深。
出土似金笋，干品像鞭神。

（二）

三五出地面，质润咸甘温。
苁蓉养命门，仙草沙漠参。

2016 年 9 月 14 日，于内蒙古自治区阿拉善左旗巴彦浩特镇。

① 肉苁蓉是一种寄生在沙漠树木白梭梭根部的寄生植物，通常生长在离地面60公分至1米的距离，种植后3至5年钻出地面，成熟开花，结出种子。苁蓉被称为地精或金笋，是极其名贵的中药材，素有"沙漠人参"之美誉。《神农本草经》："肉松容，味甘微温，主五劳七伤，补中，除茎中寒热痛，养五脏，强阴，益精气……久服轻身。"《本草汇言》："苁蓉，养命门，滋肾气，补精血之药也。男子丹元虚冷而阴气不治，妇人冲任失调而阴气不治，此乃平补之剂，温而不热，补而不峻，暖而不燥，滑而不泄，故有从容之名。"唐代开元年间的《道藏》把"霍山石斛、天山雪莲、三两重的人参、百年首乌、花甲之茯苓、苁蓉、深山灵芝、海底珍珠、冬虫夏草"并称为中华九大仙草。苁蓉甘而性温，咸而质润，具有补阳不燥，温通肾阳补肾虚；补阴不腻，润肠通腹治便秘的特点。正因为它补性和缓，才有苁蓉（从容）之称。

（一）生长环境：喜生在轻度盐渍化的

松软沙地上，一般生长在沙地或半固定沙丘、干涸老河床、湖盆低地等，生境条件很差。适宜生长区的气候干旱，降雨量少，蒸发量大，日照时间长，昼夜温差大。土壤以灰棕漠土、棕漠土为主。寄主梭梭为强旱生植物。肉苁蓉多寄生在其30—100的侧根上。生于海拔225—1150米的荒漠中，寄生在藜科植物梭梭、白梭梭等植物的根上。

（二）繁殖方法：肉苁蓉是一种寄生在沙漠树木梭梭根部的寄生植物，从梭梭寄主中吸取养分及水分。素有"沙漠人参"之美誉，具有极高的药用价值，是中国传统的名贵中药材。肉苁蓉在历史上就被西域各国作为上贡朝廷的珍品，也是历代补肾壮阳类处方中使用频度最高的补益药物之一。

在梭梭东侧或东南侧方向挖苗床，距寄主50—80厘米处，苗床大小不一，长1—2米，宽1米左右，深50—80厘米；或寄主密集处，挖一条大苗床沟围绕许多株寄主，将种子点播于苗床上，施入骆驼粪、牛羊粪等，覆土30—40厘米。

（三）栽培管理：

选地：肉苁蓉为沙生植物，应选择阳光充足、雨量少、排水良好、昼夜温差大的沙漠丘陵种植。肉苁蓉为多年生寄生性种子植物，对寄主、土壤、气候条件都有一定的选择性。较适宜的寄主为梭梭、红柳、碱柴等。人工定植梭梭、红柳 2—3 年后接种肉苁蓉。

上面留沟或苗床坑，以便浇水。人造梭梭林生长整齐、成行，可在植株两侧开沟作苗床。播种后保持苗床湿润，诱导寄主根延伸到苗床上。春天或秋天播种，第二年部分苗床内有肉苁蓉寄生上，少数出土生长，大部分在播种 2～4 年内出土、开花结果。

绿带锁黄龙

绿带锁黄龙，
生态保平衡。
伟业惠人类，
治沙千秋功。

2016 年 9 月 14 日，于内蒙古自治区阿
拉善左旗巴彦浩特镇。

半岛龙湾

靠山鹿回头，
面海两河口。①
舰船警号鸣，
军民领海守。

2017 年 1 月 12 日，于海南省三亚市半
岛龙湾。

———————————

① 面海两河口：面海，即指面对南海；两
河口，即指临春河、三亚河的两河入海口。

鸡年春节在海南

走访参观健，
热爱大自然。
北走边防线，
南到天涯边。
绿水青山美，
椰风海韵间。
春节庆吉祥，
光明幸福年。

2017 年 1 月 28 日，于天涯海角。

毛竹

根扎五六年，
出土欲登天。
挺拔展雄姿，
节节有尊严。

2017 年农历 5 月 13 日，于北京。

八十五岁游大海

一

四海水相连，
秦岛渤海湾。
其乐游中闲，
情怀天地间。

2017 年 8 月 6 日，于北戴河。

二

碧海荡秋风，
体察海涛鸣。

艳阳映灿景，
畅漾穿浪行。

2017 年 8 月 7 日立秋，于北戴河。

三

蛙泳打根基，
收翻蹬夹力。
倒游自由式，
踩仰大休息。

2017 年 8 月 8 日，于北戴河。

四

海空烟雨濛，
游如画中行。
水自沉淀清，

人当取舍明。

2017 年 8 月 9 日，于北戴河。

五

金沙行人走，
碧海任我游。
遥望天蓝蓝，
大地绿油油。

2017 年 8 月 10 日，于北戴河。

六

昔日江河战，
英勇破天险。
今日海中练，
仍需再检验。

2017 年 8 月 11 日，于北戴河。

七

海游思台湾，
两岸不同天。
反独促统一，
回归民心愿。

2017 年 8 月 12 日，于北戴河。

八

海阔心胸宽，
历练意志坚。
岁增心更明，
耄耋茶米攀。

2017 年 8 月 13 日，于北戴河。